一夜の関係を結んだ相手はスパダリヤクザでした
～甘い執着で離してくれません！～

目次

一夜の関係を結んだ相手はスパダリヤクザでした

～甘い執着で離してくれません！～

プロローグ

高級ホテルの最上階のスイートルーム。

広々とした室内に置かれたダブルベッドの上で、私は一夜の相手——久我《くが》さんによってもたらされる強烈な快感に悶えた。

ブラジャーを外してからも、彼は性急に頂《いただ》きに触れるようなことはしなかった。指の腹を使って胸の外側をいやらしくなぞる。

「んっ……」

じれったいような感覚にたまらず声を漏らす。久我さんは私の唇を奪い、柔らかい舌を口内に差し込んで私の舌を搦め取った。唇を音を立てて食《は》まれて吸い上げられ、この先を予感させるような官能的なキスの嵐に、脳が蕩けてしまいそうになる。

長く濃厚なキスだった。久我さんは一度私の髪を撫でたあと、ベッドに手をついて体を移動させた。

真っ暗な部屋の中で、ギシッとわずかに弾むスプリングの音。シーツが擦《こす》れる音とともに、彼は探るように私の腰の括《くび》れを大きな手のひらでなぞった。

腹部になにかが近付く気配がする。熱い吐息がかかったと思った途端、柔らかく熱い舌先は、ツーッと私の腹部から胸の膨らみの下までをゆっくりと舐め上げる。けれど、決して胸の頂《いただ》きには触れようとしない。さらなる刺激を待ち望むふたつのピンク色の蕾《つぼみ》がぷっくりと膨らむ。

「……っ、意地悪しないで……」

「意地悪？」

余裕を失くしそうになる私とは対照的に、彼の声色はどこか楽しそうだ。

頂《いただ》きに彼の熱い息がかかるだけで下半身が切なく疼《うず》き、膝と膝を擦《す》り合わせて必死にそれに抗う。

「萌音《もね》、分からないから、ちゃんと言ってくれ」

久我さんは私がなにを訴えているのか知っていて、あえて羞恥心《しゅうちしん》を刺激しようとしてくる。

「早く触って……ほしいです」

「ああ、ここか？」

なんの前触れもなく、彼の指先が胸の先端に触れた。

「あぁ！」

その瞬間、背中が弓なりのように反り、甲高い嬌声を上げてしまう。たっぷり焦らされた頂《いただ》きは敏感になり、感度が上がっていた。

淫靡《いんび》な喘ぎ声を上げた自分自身を恥じて、口元を手のひらで覆う。

「我慢しなくていい」

久我さんは私の左手を拘束するみたいに、指先を絡めてシーツに押し付ける。

「だって、恥ずかしい……」

「大丈夫だ。ここには俺しかいない」

「久我さんだから……恥ずかしいんです」

「あまり煽《あお》るな」

絡まった指に力がこもった途端、久我さんは私の乳輪を口に含み、そのまま敏感になった先端を柔らかい舌でペロリと舐め上げた。

「あっ……んんっ……」

快感が全身を突き抜け、声を我慢する余裕もない。息を吐く暇も与えられず、ふたつの先端を指と舌で器用に攻め立てられる。

舌先で弾くように舐めたり、唇に挟み強弱をつけて甘く吸い上げられたりする度に、私は熱い喘ぎを漏らしてビクビクと肌を波立たせた。

下半身が我慢できないほどに疼《うず》いて熱を帯びる。快感がくっきりとした芯を持つ。

ふいに久我さんが体勢を変え、太ももになにかが当たった。それはとても熱い、硬く反り立った彼自身だ。こんなにも私の体で欲情してくれていると知り、喜びが胸に込み上げてくる。

長い指が、ショーツのクロッチの外側をゆるゆるとなぞる。すでにぐっしょりとなっているのが自分でも分かった。

「ああっ！」

カリッと指先で敏感な部分を弾かれた瞬間、快感が脳まで突き抜けた。

その後、ショーツをはぎ取られ、脚を押し広げられる。

「ずいぶん濡れやすいんだな」

低い声で言われて、恥ずかしさに脳が痺れる。

ヌメヌメした大量の愛液を指先で掬《すく》い取られて上下に動かされ、クチュッと卑猥な音が響く。

瞬間、暗闇の中で久我さんが息を呑んだのが分かった。

彼は太ももの間に体を滑り込ませると、私の両膝をグッと広げて、その間に顔を埋《うず》めた。

「待って……。そこはダメです……。恥ずかしい……」

「大丈夫だ。じきに恥ずかしがる余裕はなくなる」

彼の熱い吐息が敏感な部分に触れた途端、ビクッと下腹が波打った。肉厚な舌の腹が、私の脚の付け根を行ったり来たりする。それは敏感な部分を避け、その周りを音を立ててちゅっちゅっと吸い上げた。

脚にピンッと力がこもる。久我さんは限界まで私を焦らしたあと、ぷっくりと膨らみ尖った秘玉を舌全体で舐め上げた。

「ああっ……!!」

あまりの快感に自然と腰が引ける。逃げようとする私の腰を抱え込んで、彼は舌先を陰核の一点に集中させて小刻みに舌を揺らした。

「あっ、ああっ……」

激しく悶える私の下半身は、自分の意思とは関係なく彼の動きに合わせて震える。

——まさかこの人とこんなことになるなんて。あのときの私は考えてもいなかった。

第一章　出会いは突然に

「いらっしゃいませ」

休日の昼下がり。店にやってきたのは、近所に住むお得意客の曽根《そね》様だった。

話を聞くと、近々娘さんの結婚式が執り行われるらしい。

「今日は結婚式に着る着物を仕立ててほしくて来たのよ」

「ご結婚おめでとうございます。以前、曽根様と一緒にご来店くださった娘さんですか？」

「そうそう。結構前なのに覚えていてくれて嬉しいわ。萌音ちゃんにお願いしに来て正解ね」

「そう言っていただけて光栄です。こちらへどうぞ」

笑顔で頭を下げ、私は曽根様を反物のあるコーナーへ案内する。

ここは、父方で代々続く老舗《しにせ》呉服屋だ。創業は大正時代で、今年百周年を迎える。

取り扱う着物は、カジュアルな普段着から格式の高い礼服、さらに、レンタル用まで多岐にわたる。

帯や下駄、小物等も取り扱い、お客様の好みや雰囲気に合わせて帯の色やデザインの組み合わせの提案も行っていた。

「黒留袖《くろとめそで》用の反物はこちらになります」

黒留袖《くろとめそで》は、既婚女性が着る最も格式の高い正礼装だ。私は反物をひとつひとつ手に取り、曽根様に説明する。

「どれも素敵ね。萌音ちゃんのおすすめはある？」

「そうですね。やや落ち着いた印象の、格式の高い柄を選ばれてはいかがでしょうか？　例えば、松竹梅や鳳凰《ほうおう》は、慶《よろこ》びを表現する柄となっております」

「どれもとっても素敵ね。ただ、どれが自分に合うのか分からないわ」

「それでしたら、お顔に合わせてみませんか？」

三点の反物を前に悩む曽根様を、奥の畳のある個室へ案内した。大きな鏡の前で両肩から反物を掛け、顔映えと全体の印象を一緒に確認する。

「うん、これがいいわ！」

「とってもお似合いです」

曽根様のお眼鏡に適《かな》ったのは、鳳凰《ほうおう》柄の反物だった。

帯は格式高いことはもちろん、軽くて結びやすい錦織《にしきおり》の袋帯を選んだ。金糸や銀糸を使用した豪華絢爛《けんらん》な文様が織られ、黒留袖《くろとめそで》を一層華やかに演出してくれる。

小物類など一通り選び終えてから、私たちは個室を出た。

曽根様に飲み物の用意をしようと思っていたタイミングで、「お疲れ様でございました。お飲み物はいかがでしょうか？」とアルバイトの秋穂《あきほ》ちゃんが曽根様に声を掛ける。

「あらっ、嬉しい。ちょうど喉が渇いていたのよ」

「こちらの席へどうぞ」

曽根様をスマートに案内する秋穂ちゃんに、ありがとうの意味を含めて微笑んで小さく頷くと、彼女は少し照れくさそうにはにかんだ。

「萌音ちゃん、また来るわね」

「ありがとうございました。お気をつけて」

しばらくして曽根様を秋穂ちゃんとともに店の外まで見送り、深々と頭を下げる。

七月下旬。少し外に出ただけで、太陽の光に肌をジリジリと焼かれてじんわりと汗ばむ。冷房の効いた涼しい店内に戻るなり、私は秋穂ちゃんに笑顔を向けた。

「秋穂ちゃん、すごい！　飲み物を勧めるタイミング、バッチリだったね」

「ありがとうございます。いつも萌音さんがやっているのを真似してみました」

褒められたことが嬉しかったのだろう、秋穂ちゃんは分かりやすく表情を輝かせる。

「こちらこそありがとう。曽根様にも喜んでもらえたし、助かったよ」

「萌音さんのお役に立てて嬉しいです」

その健気な言葉に胸の中が温かくなる。

昨年、訳あって従業員がごっそり退職し、私だけの力ではどうすることもできず、縋《すが》るような気持ちで求人を出した。特に呉服屋は七五三や成人式など繁忙期が年に数回あり、その時期はてんやわんやで目が回るほど忙しい。

そんなときに応募してくれたのが秋穂ちゃんだった。

私のひとつ年下の二十五歳。お人形のようにぱっちりとした二重《ふたえ》の瞳に、長くくるんっと上を向いたまつ毛。誰が見ても可愛いと言うだろう、抜群の容姿の持ち主だ。

面接のとき、祖母の影響で昔から着物が好きだったと話していた。どうやら複雑な家庭の事情があるらしく、週に二回だけアルバイトとして働いてくれている。

秋穂ちゃんと談笑していると、その穏やかな雰囲気をぶち壊すように、奥の休憩室から父の後妻である神楽由紀子《かぐらゆきこ》が姿を現した。

派手な化粧を施《ほどこ》した彼女は、店内を見渡して不快そうに溜息を吐く。

「まったく、今日もガラガラじゃない。やっぱり、去年の暮れに求人なんて出したのは失敗だったのよ。なにもしないで給料だけ持っていかれたら、大赤字じゃない」

確かに七月の今は閑散期で、来店するお客様は多くはない。けれど、それは毎年のことであり、今に始まったことではなかった。

継母は私の隣にいる秋穂ちゃんに目を向けて、分かりやすく顔を顰《しか》める。

「彼女に文句を言うのはやめてください。私が採用すると決めたんです。責めるなら私にしてください」

私は毅然と言い返す。

継母はそれが気に食わなかったのか、眉間に皺《しわ》を寄せて私を睨み付けた。

「アンタって昔からホントに生意気な子。可愛くないのは母親似ね」

「それは今関係ありますか？　そもそも、母のなにを知っているというんですか？」

「うるさいわね。口答えしないで」

彼女が息をするように嫌味を言うのは、昔からずっと変わらない。

私が五歳のときに母が亡くなり、七歳のときに父が再婚した。相手は私のひとつ下の息子を持つ、シングルマザーの由紀子だった。

継母は父の前でだけは良い顔をして、見えないところで私を目の敵《かたき》にした。

実の息子である尚《なお》だけを溺愛し、私には冷たい態度で接する彼女に、疎ましがられる毎日。それでも私は持ち前の負けん気の強さで、その理不尽に耐え続けた。

高校卒業後は、理系の大学に進学するつもりで、父も私の気持ちを尊重して応援してくれた。興味のあった医薬品メーカーに就職することを目標に、高校時代は寝る間も惜しんで勉学に勤しんだ。

けれど、それは儚い夢と散る。高二の夏に父が突然病に倒れて、他界してしまったのだ。

『呉服屋の名義も権利もすべて萌音に書き換えた。店をどうするかはお前に任せる。今まで辛い思いをさせて悪かった』

亡くなる直前、父は私に言った。私が継母から受けていた仕打ちを知っていたのだ。

葬儀が一段落したあと、継母に今後の相談をした。父の遺産とはいえ、継母が私のために高額な大学費用を捻出してくれるはずがない。

だから、奨学金を借りて大学に通いたいと頼み込んだものの、継母は『お父さんの呉服店はどうするの？　アンタの代で潰すの？』などと詰め寄ってきた。

この呉服屋は、曾祖母の時代から代々続いている。幼い頃、実の両親が揃って働いていたここで、私は幸せな時間を過ごした。

お客様と笑顔で言葉を交わす母と、それを温かく見つめる父。両親が仕事をする傍《かたわ》ら、受付カウンターの椅子に座って脚をパタパタさせながらお絵描きをする私。

今も私の心の中には、当時の幸せな思い出が色濃く残っている。結局、私は亡き両親のために店を守る決意を固めた。大学進学を諦めて、授業が終わるとすぐに店に出て手伝うようになった。

そして、高校を卒業すると同時にこの呉服屋で働き始めたのだった。

当時は数人のベテラン従業員がいた。右も左も分からぬ私は、彼らに頭を下げて店の経営やノウハウを一通り学んだ。

父の死後も、従業員やお得意様が支えてくれたおかげでなんとか店を維持できていた。けれど、昨年従業員が一斉に退職した。原因は継母からの度重なるパワハラだ。

精神的に追い詰められ、やむなく決断したと彼らに涙ながらに打ち明けられたとき、申し訳なくて胸が張り裂けそうになった。もっと私に力があれば、従業員を守れたのに。自分の無力さを痛感した瞬間だった。

「ねえ、秋穂。あなたどうせ暇でしょ。コンビニでタバコを買ってきてちょうだいよ」

「えっと……タバコですか。買い方を教えてもらえますか？」

秋穂ちゃんが困ったように言う。

すると、継母は「信じられない！」と大げさに叫んだ。

「あなた、二十五にもなってタバコの買い方も知らないの⁉　今までどうやって生きてきたのよ。もう若くないくせに、そんなことすら知らなくてどうするの？」

嘲笑うような口調の継母の姿に嫌悪感を抱く。

「ほんっとなんの役にも立たない使えない子ね！　親の顔が見てみたいわ」

「すみません……」

秋穂ちゃんは申し訳なさそうに頭を下げる。継母は知らないけれど、彼女は名家のお嬢様で相当な箱入り娘らしい。今まで家族に猛反対されて、バイトをすることすら認めてもらえなかったのだという。

身なりはきちんとしているし、知らないことは多いけれど、教養はある。一度教えた仕事はすぐに覚えて完璧にこなしてくれる優秀な人材だ。

継母に小言を言われたことで、嫌になって辞められてしまうのだけは絶対に阻止せねば。

「やめてください。タバコぐらいご自分で買いに行かれたらどうです？　コンビニは歩いていけるところにありますし」

「ハァ⁉　こんな暑い中、あたしに行かせようって言うの⁉」

「暑いのはみんな一緒です。それと、お店に部外者を連れ込むのはやめてほしいと言いましたよね」

私は奥の休憩室にいる男に聞こえないように、声を押し殺して言った。

「あたしに命令すんじゃないわよ！」

「父の遺してくれた店で好き勝手されたら困ります。あなたがプライベートでなにをしていようが構いませんが、公私混同はやめてください」

昨年、継母には彼氏ができた。人相の悪い小太りのスキンヘッドの男。名前は黒岩《くろいわ》というらしい。竹政《たけまさ》組に所属するヤクザの幹部だと、以前継母が自慢げに話していた。

継母はその男にベタ惚れで、最近では一緒に店にやってきては休憩室にこもり、なにやらコソコソと親密そうなやり取りをしている。

「ホント嫌な子！　いいからさっさと買いに行って！　いいわね！」

怒りを通り越して呆れてしまう。継母はタバコを吸わない。ということは、タバコを欲しているのは黒岩だ。どうしてこんなことまでさせられないといけないのだろうと、理不尽な要求に憤《いきどお》る。

「あのっ……！」

なにかを言いかけた秋穂ちゃんを、継母が鋭く睨む。

「ハァ？　なによ」

「……いえ、なんでもありません」

秋穂ちゃんは言い返そうとしたけれどできなかったのだろうか、必死に耐えるように奥歯を噛みしめて俯《うつむ》く。

「まったく煮え切らない子ね。いいから今すぐ買ってきなさい！」

継母はヒステリックな金切り声を上げ、再び奥の休憩室に引っ込んでいく。

その背中を見送ると、「すみません」と秋穂ちゃんが謝ってきた。小動物のように可愛らしくつぶらな瞳が涙で潤んでいる。

「私のせいで萌音さんまで悪く言われてしまって……本当にすみません」

「いいの、気にしないで。むしろ謝らないといけないのは私のほう。あの人のこと、止められなくてごめんね。タバコは私が買ってくるから」

「いえ、私が――」

「大丈夫。その代わり、店番を任せてもいいかな？　できるだけ早く戻ってくるね」

「……分かりました。お気をつけて」

「ありがとう。行ってきます」

秋穂ちゃんは私にとって心強い存在だ。高校卒業後、仲の良かった友達はみんな大学へ進学し、都内の一流企業に就職して疎遠になってしまった。

『店が忙しいときに自分の成人式に出る!?　そんなの無理に決まってるでしょ！』

継母は私が成人式に参加することすら許してくれなかった。父が亡くなったあと、自由はなくなり、私はずっと継母という存在に縛られて生きてきた。当時の苦い記憶が蘇《よみがえ》り、胸が痛む。

この呉服屋で働くのは、継母と私と秋穂ちゃんの三人だけ。年の近い秋穂ちゃんと仕事終わりに言葉を交わすのが、今の私にとって一番の癒しだった。

近くのコンビニでタバコを買って、来た道を引き返す。そのとき、前方から真っ白な日傘を差して歩いてきた高齢の女性に目がいった。

八十代前半だろうか。華やかな顔立ちのグレイヘアの女性は背筋をスッと伸ばし、颯爽《さっそう》とこちらに向かって歩を進めている。女性は準礼装として着られる訪問着を身に纏《まと》っていた。見事なほどに鮮やかな梅の柄だ。寒い中で花を咲かせることから、女性の強さを表しているという。まさに、このおばあさんにピッタリの着物だ。

あと少しですれ違うというとき、私の後方からザッザッという軽快な足音が聞こえた。

次の瞬間、黒い影が私を追い越していく。全身黒ずくめの男はなんの迷いもなくすれ違いざまにおばあさんの手提げ巾着《きんちゃく》を引ったくった。

「あっ！　泥棒!!」

おばあさんが叫ぶ。私は体勢を崩したおばあさんを咄嗟《とっさ》に支えて尋ねた。

「大丈夫ですか？　おケガはありませんか？」

「ええ。大丈夫」

無事を確認してホッと胸を撫で下ろす。

その後、私は駆け出して、男の背中を追いかけた。

「待ちなさい！」

走りにはそれなりに自信がある。小中高と陸上部に所属して、短距離の選手として大会によく出場していた。パンツスーツにヒール靴という悪条件ではあるものの、男に追いつけるはずだ。

太陽に熱せられたアスファルトを蹴り、全速力で駆ける。男との距離はみるみるうちに縮まっていく。

「いい加減、諦めなさい！」

「くそっ、離せ！」

後方から男の腕を掴《つか》んだ瞬間、男は勢いよく私の手を振り払った。その拍子にバランスを崩して、私は尻もちをつく。両手で支えたせいで、手のひらがアスファルトで擦れてじんわりと血が滲む。

そのとき、動揺した男の手から手提げ巾着《きんちゃく》が離れるのを私は見逃さなかった。

反射的に目の前に落ちた巾着《きんちゃく》を掴《つか》み、両腕で抱きしめる。

「これは俺のもんだ！」

男が私の胸元に手を伸ばして、ぐいっと巾着《きんちゃく》を引っ張った瞬間、突如後方からやってきた黒塗りの高級車が私たちの傍で急ブレーキをかけた。

運転席から誰かが颯爽《さっそう》と降りてくる。背の高い男性だった。太陽の光が逆光になって顔がよく見えない。それに気付いたひったくり犯は、敵《かな》わないと思ったのか逃げて行った。

「大丈夫か？」

低い男性の声がして、私はそっと顔を上げる。

親切な誰かが助けてくれたんだと分かり、安堵すると同時に目にじんわりと涙が浮かぶ。

さっきは勢いで男を追いかけたものの、巾着《きんちゃく》を引っ張る力強さと凶暴な声を思い出して、今さらながら恐怖を覚えた。立ち上がろうとしたものの、脚に力が入らない。

すると男性は腰の抜けた私の背中に腕を回して、ゆっくりと立ち上がらせてくれた。

「すみません、ありがとうございます」

何気なく男性のほうへ視線を送る。目が合った瞬間、息を呑んだ。

男性は、信じられないぐらい端整な顔立ちをしていた。男らしく高い鼻梁《びりょう》に、切れ長の瞳。薄く形のいい唇は真一文字に結ばれている。

長身の細身に纏《まと》っている上質なグレーのスーツは、間違いなくオーダーメイドだろう。ピカピカに磨き上げられたエナメルの靴は見るからに高価そうだ。

しなやかな黒髪は綺麗にセットされていて、品位溢れるその容姿に、私は息をするのも忘れて魅入ってしまう。

「あらっ、大変！　ケガしてるじゃないの！」

黒塗りの車から先程のおばあさんが降りてきた。どうやら、ふたりは知り合いのようだ。

「他にケガは？　ごめんなさいね。私のせいでご迷惑をおかけしちゃって。治療費をお支払いさせて」

年齢を感じさせない、ハキハキとした力のある口調だ。

「いえ！　大したケガではありませんし、大丈夫です」

治療費なんて大げさだ。軽く消毒をして絆創膏《ばんそうこう》を貼れば、そのうちに治ってしまうだろう。

「そんなこと言わないで」

「本当にお気遣いなく。おばあさんにおケガがなくて本当に良かったです」

私は笑顔で返し、おばあさんに巾着《きんちゃく》を手渡す。

すると、おばあさんはジッと私の左手に視線を向けたあと、真剣な表情で尋ねた。

「失礼なことをお聞きしてしまうけど、あなたご結婚は？」

「いえ、まだですが……」

突然の質問に困惑しながらも答える。どうしてそんなことを聞くんだろう……？

すると、おばあさんはパッと表情を明るくして、パチンッと胸の前で手を叩く。

「すごいわ！　これはきっと運命よ！」

言葉の意味が分からず首を傾げる私に、おばあさんはにんまりと微笑む。

「あなたは素晴らしい人よ。見ず知らずの年寄りのために、危険を冒してまで動こうとする人は稀《まれ》だもの。あなたみたいに勇敢な女性はなかなかいないわ！　ねっ、北斗《ほくと》もそう思うでしょ？」

「ええ」

北斗と呼ばれた男性は、無表情のまま心のこもらない返事をする。

「あなた、お名前は？」

「神楽萌音です」

「萌音さん、ね。私は久我和江《くがかずえ》。こっちの愛想のないのは、孫の北斗よ」

おばあさんの言葉にやれやれと溜息を吐く男性。こうやって見比べてみると、彼の顔立ちの良さはおばあさん譲りのようだ。

「治療費を受け取ってもらえないなら、せめてお食事だけでもご馳走させてもらえないかしら？あいにく私はしばらく忙しくて時間が取れないの。その代わりに孫の北斗が萌音さんをおもてなしするわ」

「……はい？」

表情は一切変えなかったものの、男性のこめかみがほんの一瞬だけピクリと反応する。わずかに見開かれた目の奥では、なにを言っているんだと呆れた様子が見て取れた。そんな男性を無視して、おばあさんはにこやかに続ける。

「だから、彼女とお食事をするの。きちんと素敵なレストランを予約して、エスコートするのよ」

だんまりを決め込む男性が気の毒で、私はすぐさま遠慮する。

「そんな！　お礼なんて結構です。まだ仕事中なので、私はこれで失礼します」

「待ってちょうだい！」

頭を下げて去ろうとする私を、おばあさんが呼び止める。

「恩人にお礼のひとつもできないなんて、末代までの恥だわ……。萌音さん、お願いよ。年寄りの頼みだと思って聞いてもらえないかしら？」

潤んだ瞳で縋《すが》りつかれて、心が揺らぐ。

「ちなみに、今夜はご予定があるのかしら？」

「ありませんが……」

「お仕事は何時ぐらいに終わるの？」

「えっと、十九時には……」

「じゃあ、十九時にすぐそこにあるコンビニの駐車場で北斗を待たせておくわ。ほらっ、北斗。ぼさっとしてないで早く名刺をお渡ししなさい」

「ま、待ってください！　私、本当にそんなつもりじゃ……」

お礼に食事をご馳走になるなんておこがましい。それに、お孫さんである男性からは、私との食事に乗り気ではない雰囲気がビンビン伝わってくる。こんなにも素敵な男性だし、恋人がいるのかもしれない。ただの食事だとしても恋人に誤解されたら申し訳ないし、彼も嫌だろう。

だからこそ、このお誘いは断るべきだ。

そう思い口を開こうとしたとき、男性はおばあさんにせっつかれて名刺入れを取り出そうとスーツの内ポケットに手を差し込んだ。

その瞬間、彼が私を見つめた。思ったことが顔に出やすい私は、今の複雑な心境がもろに表情に出てしまっているに違いない。

私の心を見透かすような彼の漆黒の瞳に、心臓がトクンッと音を立てた。

「申し訳ありません。名刺を切らしていたのを思い出しました」

男性はスーツから手を引き抜くと、小さく頭を下げた。

「名刺を切らしているなんて、まったくしょうがない子ね！　今日の夜、きちんとご挨拶《あいさつ》するのよ!?」

その言葉を男性は素知らぬ顔で聞き流す。口うるさいおばあさんと口数の少ない孫——そんな関係性が垣間見える。

男性はまだグチグチと文句を言うおばあさんを黒い車の後部座席に座らせたあと、私の傍まで歩み寄った。

「祖母がしつこくして申し訳ない。十九時と約束したが、反故《ほご》にしてくれて構わない」

表情からなにを考えているのか読み取ることはできない。どうしても食事をしたくなくて私を牽制しているのか、それとも無理強いされて困っている私を気遣ってくれているのか。

あるいは、そのどちらでもないのかもしれない。あれこれ考えている間に、男性は運転席に乗り込んだ。

「萌音ちゃん、また会いましょうね」

濃いスモークガラスの窓が開き、おばあさんが笑みを浮かべる。私が深々と頭を下げると、車は走り去っていった。車が見えなくなるまで見送って、ハッと我に返る。

「大変……！　早く戻らなくちゃ」

私は慌てて店に向かって駆け出した。

第二章　激しく交わる夜

「ありがとうございました。またお待ちしております」

私は今日最後の客を見送る。日中は閑散としていたのに、どういうわけか閉店間際に客足が伸びた。

継母は仕事を放り出して、閉店時間前に黒岩と腕を組んで出て行ってしまった。

時計の針は十九時を大きく回っている。それを見て、昼間に会ったおばあさんと男性のことを思い浮かべた。

「まさか待ってたりしないよね……」

約束の時間はとうに過ぎている。人を待たせることは、相手の貴重な時間を奪うのと同じ。だから、約束を破るのも時間に遅れるのも、どちらもしないように私は心に留めて生きてきた。

真面目で頭が固いとよく言われるし、自分でももっと柔軟性を持ったほうがいいと分かっているものの、なかなかこの性分は変えられない。

きっと大丈夫だ。男性の様子から察するに、待っている可能性は低いだろう。でも、もしまだ私のことを待っていたとしたら……？

約束を破ることに慣れていない私はいてもたってもいられなくなり、休憩室に飛び込んだ。

淡い黄緑色の生地に、松や菊などの花丸文様と小花の道長取りが描かれた訪問着に袖を通す。

あいにく、ディナーに着ていけるようなドレスは持っていないし、こんな短時間に用意することは現実的に不可能だ。

苦肉の策として、ドレスコードのあるレストランでも平気なように訪問着を着ていくことに決めた。

ラメや金箔、刺繍《ししゅう》で装飾された豪華で美しい一着に、女性らしく亀甲《きっこう》の帯と淡いピンク色の小物を合わせる。ひとつに束ねた髪をアップにして、着物に合う小さい髪飾りもつける。

慌ただしくヘアメイクを済ませると、私は繊細な刺繍《ししゅう》のあしらわれた着物用のベージュ色のバッグを手に店を出た。

店の施錠を済ませ、コンビニまで歩幅の狭い着物姿でひた走る。スニーカーならばあっという間に着くはずのコンビニまでが、今は遠い。

草履《ぞうり》の鼻緒が指の間に食い込んで痛みが走る。ここまで必死になったのに男性が待っていなかったら、とんだ笑い話だ。

今夜は熱帯夜。夜なのに湿度も気温も高く、ジメジメとしている。走る首筋に汗が伝う。

コンビニの駐車場に着き、呼吸を整えながら辺りを見渡すも、黒い車はない。

「なんだ……。私、バカみたい……」

肩で息をしながらポツリと呟くと、なんだかちょっぴり目頭が熱くなった。

相手を待たせているかもしれないと急いで来たものの、自分ばかりが空回りしている気持ちになる。それは、今の状況も同じだ。どんなに仕事を頑張っても、うまくいかない。

こんなことを考えるなんて、私、肉体的にも精神的にも疲れているのかも……

そう思ったとき、視界の端にある白い乗用車から誰かが降りてきた。

有名な超高級外車だ。何気なく視線を向けて目を見開く。そこにいたのは、昼間に会ったあの男性だった。


後部座席の左側に座るようドアを開けて促《うなが》され、私はツルツルの革張りシートに体を預ける。シートベルトを締めたあと、車は滑らかに動き出した。

車は大通りを抜けて幹線道路へ向かう。ムスクの香りが漂《ただよ》う車内は、さすが高級車だけあって乗り心地は抜群だった。冷房の涼しい風に汗が引いていく。少し肌寒くなり、何気なく手のひらを擦《す》り合わせると、ルームミラー越しに彼と目が合った。彼——久我さんは黙って空調パネルに手を伸ばして冷房を弱くしてくれる。

「どうして来たんだ」

信号が赤になり車が止まったとき、久我さんは前を向いたまま尋ねた。その声は淡々としていて、感情を窺《うかが》い知ることはできない。

「あのとき食事に誘われて、心底迷惑そうな顔をしていただろう」

彼の言葉に私は首を傾げる。

「それは、あなたのほうですよね？」

「そんなことはない」

淀みのない口調で言ってのける久我さんに、返す言葉が見つからない。

なんだか掴《つか》みどころのない人だ。なにを考えているのかさっぱり分からない。

信号が青に変わり車が動き出したタイミングで、私はあることを思い出して丁重に頭を下げた。

「……あの、久我さん。長い時間、お待たせしてすみませんでした」

来るか来ないかハッキリしない私のために、駐車場で待っていてくれたのだ。てっきり昼間の黒い車に乗ってくるのかと思っていたので、すぐに気付けなかった。

「謝る必要はない。悪いのは、相手の都合も考えずに強引に食事に誘った祖母だ」

「いえ、あのとき私がハッキリとお断りしなかったのが悪いんです。なので、今日のお食事代は後腐れなく折半にしましょう。おばあさまには私にご馳走したということにしていただいて構いません」

遅刻したせめてものお詫びとして、私はそんな提案をする。

「それはできない。俺自身も祖母の恩人にはなにか礼をしないといけないと考えていた」

「……ちなみに、もうどこかのお店を予約されたんでしょうか？」

何気なく尋ねた直後、車は吸い込まれるように超高級ホテルの敷地内に入り、ホテルのエントランスの前でぴたりと止まった。

「ここだ」

久我さんは顎でホテルを示す。

「えっ」

私は口をあんぐりと開けて目を見開いた。

そこは国内でも有数の超一流ホテルだった。頭の中で財布に入っている現金を思い浮かべる。こんな煌《きら》びやかな場所に足を踏み入れたことは一度もないし、ディナーの値段は計り知れない。

いや、大丈夫。クレジットカードは持っているし、なんとかなると自分に言い聞かせる。

「久我様、お待ちしておりました」

彼がシートベルトを外して運転席のドアを開けると、すでに待ち構えていたホテルマンが深々と頭を下げる。その光景から、彼がこのホテルのお得意様であることが窺《うかが》えた。

確かに彼のおばあさんは「きちんと素敵なレストランを予約してエスコートすること」と言っていたけれど、まさかこんな場所だったなんて。

久我さんは車を回り込むと、スマートな動きで後部座席の扉を開けた。着物での車の乗り降りは一苦労だ。私は膝の上にバッグを置き、袖が汚れないように手で持ち、さらに裾を踏まないように注意しながらゆっくりと足を地面に下ろす。助手席ではなく後部座席の左側に座らせてもらえて助かった。

そういえば、どうして彼はわざわざ後部座席に座るよう私に促《うなが》したんだろう？　こうなると分かっていたから……？

久我さんは黙って私の膝の上のバッグを手に取る。

さらに、両手の塞がっている私に手を差し出すのではなく、バランスを崩さないように私の腰に腕を回して支えてくれた。

「ありがとうございます」

スマートな動きにドキドキしながらも、頭を下げてお礼を言う。彼はにこりとするわけでも得意げになるわけでもなく、ただ感情の読み取れない表情で小さく頷いた。

「フランス料理を予約した。行こう」

「は、はい」

無事に車を降りた私に、久我さんはバッグを手渡して歩き出す。

豪華絢爛《けんらん》な巨大シャンデリアが下がった吹き抜けのロビーを抜けて、エレベーターを目指す。

久我さんの背中を追いかけるように歩を速めようとしたものの、ぶつかりそうになり慌てて急ブレーキをかける。彼の歩幅は私の倍はあるにもかかわらず、草履《ぞうり》を履いた私がゆっくり歩いてもついていけるのだ。

大体の場合、一緒に歩くと男性はズンズンと先を行く。草履《ぞうり》で歩くことの大変さも、着物を着て歩幅が狭くなっていることにも気付かないからだ。だから、置いていかれないように必死に早歩きしているというのに。

ますます訳が分からない。あえてなのか、それとも無意識なのか。エスコートの仕方があまりにも完璧すぎる。それに加えて、彼のおばあさんの小綺麗な身なりや振る舞いからも、彼が良家の出であることが容易に想像できた。

三十階にあるレストランに着き、久我さんは落ち着いた様子でスタッフと言葉を交わした。

「こちらへどうぞ」

ウエイトレスの案内で席へ向かう。途中、食事をしていた女性が何気なく久我さんに目を向けた。女性はわずかに唇を開き、惹きつけられたように彼に熱い視線を注ぐ。どうやら彼女は一瞬で心を奪われてしまったようだ。

続けざまに女性の視線が久我さんの後方にいる私に注がれる。チラチラと見られて、なんだか少し落ち着かない。きっと着物を着ている私は場違いだと思われているのだろう。一緒にいるせいで彼まで同じような目で見られてしまうのは不本意だ。

先を歩く久我さんの反応を窺《うかが》うものの、彼は何事もないように優雅に歩き、席へ向かった。


「わぁ、綺麗……！」

案内されたのは、都会の夜景を望める一番奥の予約席だった。特等席なのか周りのテーブルに人はおらず、まるでプライベート空間のようだ。

席に着きしばらく夜景を堪能した頃合いで、ウエイトレスが食前酒のオーダーを取りに来た。

お酒は弱いけれど、飲むのは好きだ。ただ、久我さんは車で来ているのだし、彼が飲まないなら私も遠慮しておこう。

「酒は飲めるか？」

「あまり強くはありませんが、好きです」

「分かった」

私の答えを聞き、久我さんは食前酒にシャンパンを頼む。

「あの、久我さんも飲まれるんですか？」

「心配しなくても大丈夫だ。迎えが来る」

飲酒運転を心配して一応確認のために尋ねると、彼は先回りして答えた。まもなくシャンパングラスが運ばれてきて、私たちは揃って口をつけた。

「わっ……美味《おい》しい」

苦みが少なく舌触りがいい。美味《おい》しいお酒に思わず顔が綻《ほころ》ぶ。

すると、シャンパングラスを置いた久我さんが改まったように言った。

「昼間は祖母が世話になったな。その礼として、このホテルの最上階に部屋を取ってある。もし時間が許せば泊まっていってくれ。もちろん、帰りの車代も出すし、滞在中はスパやマッサージなど好きなことをして過ごしてくれて構わない」

そのとんでもない提案に、私は目を白黒させた。

「待ってください！　そこまでしてもらうわけにはいきません」

「遠慮しなくていい。俺が好きでやっていることだ」

選択肢を与えず、久我さんはグラスを持ち上げて再び優雅にシャンパンを口にする。その姿はあまりにも絵になっていて、私はまじまじと彼を見つめてしまった。

高い鼻梁《びりょう》に切れ長の瞳。端整という表現がピッタリな美しい顔立ち。黒髪は綺麗に整えられ、昼間とは違うネイビーのスーツをビシッと着こなしている。

手首にさりげなく嵌《は》められているのは、高級車が一台買えるほどの超高級ブランドの時計だ。低く落ち着いた声色や話し方にも男性としての魅力を感じる。

久我さんには一切の隙がなかった。こんなにも完璧な人がいるなんて信じられない。

「どうした?」

「い、いえ!」

チラリと見られて慌ててシャンパンを口に含む。喉越しと香りのいいシャンパンは、抜群に美味《おい》しい。レストランの雰囲気も夜景も美味《おい》しいお酒も、そのすべてが素晴らしくて心が躍る。

ああ、なんて素敵な時間なの……!

こんな贅沢を味わったのは生まれて初めてだ。慣れないことをしてソワソワする気持ちもあるけれど、それ以上に昂《たかぶ》っていて、自然と頬が緩《ゆる》む。

ふと、向かい合って座る久我さんと目が合った。

弾む気持ちを抑えられず、私はふふっと微笑む。浮つく私とは対照的に、彼はなぜか眉間に皺《しわ》を寄せて険しい表情を浮かべた。

「昼間のことだが、二度とひったくりを追いかけようだなんて思うな。相手が凶器を持っていたらどうするつもりだったんだ」

煌《きら》びやかなこの場に酔っていた私は、彼の低い声で一気に現実に引き戻される。咎《とが》めるような鋭い瞳に笑顔がスーッと引いていく。

大人げなくはしゃぎすぎてしまった。私は背中を丸めて「おっしゃる通りです」と猛省する。

「あのときは、咄嗟《とっさ》に体が動いてしまって……」

確かになりふり構わず男を追いかけるなんて、危険な行為だった。実際、久我さんが助けてくれなければどうなっていたか分からない。

「骨があるのは好ましいが、危険を顧《かえり》みないのはただの無鉄砲だ」

「……そうですよね。すみません」

自分の過失を認めてシュンッと肩を落とす。

「謝るな。それと、そんな顔はしなくていい」

「え？」

そんな顔というのがどれを指すのか分からず、私は首を傾げる。すると久我さんは額《ひたい》に手を当て、小さく息を吐いた。

「萎縮させてすまない。俺が怖いか？」

「いえ、怖いなんてことは全然。ただ、久我さんの言うことはごもっともだなと自分を戒《いまし》めていただけです。それに、さっきのは久我さんが私を心配してくれたからこその発言ですし。……って、違いましたか？」

言いながら心配になって尋ねると、彼はほんのわずかに表情を緩《ゆる》めた。

「その通りだ。危ないことはしないでくれと言いたかった」

久我さんが私を案じてくれていることが伝わってくる。継母や仕事のことで疲弊していた私の心に、彼の言葉がじんわりと温かく響く。

「それに、なにかあれば相手が心配するぞ」

「相手ってなんですか？」

「結婚していなくとも、付き合っている相手はいるんだろう？」

確かに彼のおばあさんに結婚しているか問われて、していないと答えた。あのとき、付き合っている相手のことは聞かれなかったから、そこまでは言っていない。私は困ったように苦笑いを浮かべた。

「残念ながら、付き合っている人はいません。もう二十六歳ですが、かれこれ六年間もご縁なしです。こうやって男性と食事をするのだって、すごく久しぶりですし」

「……そうか」

腕を組んでこちらを真っすぐ見つめる久我さんの目が、ほんのわずかに見開かれる。

彼は、私に相手がいないことを意外に思ったようだ。

「それに、お付き合いしている男性がいればここに来ませんよ。その場でハッキリとお断りします」

「ということは、今日来たくなければハッキリ断れたということか」

「もちろんです」

「……そうか。それでも、来たのか」

何気ない風に言いながら、久我さんはテーブルを指で優しくトントンと叩く。彼の表情からは喜怒哀楽、どの感情も読み取れない。

ふいに視線がぶつかった。漆黒の瞳の力強さに射貫かれてドキリとする。

なにかを言おうとしたけれど、言葉に詰まった。私たちは互いに見つめ合ったまま、目を逸らさない。

久我さんの言う通り、あの場で断るのは簡単だった。私が行かないとハッキリ告げなかったのは、彼を一目見た瞬間、好奇心が湧き上がったからだ。単に彼の顔がタイプだったということもある。だけど、それだけではない。瞳に宿った男としての確固たる自信。それを見て、彼をもっと知りたいと私の本能が訴えかけてきたのだ。

「久我さんは、お付き合いしている方はいるんですか？」

「いない。いたら食事に行かない」

なんの淀みもなく、久我さんは答える。恐らく本当だろう。

「なるほど。誠実なんですね」

「誠実なんて言われたことは一度もない。まあ、そんなことを言ってくるほど付き合いの深い女性は、今までひとりもいなかったからな」

突っ込んだ話にも、淡々とした口調ながらきちんと応じてくれる。

こんなにも容姿端麗で中身も素敵な人なのに、深く付き合った人がいないなんて。関係の浅い彼女ばかりだったということなのだろう。

きっと、いつもたくさんの女性に囲まれていて不自由していないんだろうな……

女性慣れしているせいか、久我さんとの会話は心地がいい。話し方だけでなく、声のトーンやテンポがしっくりくるのだ。初対面の男性とこうやって穏やかな気持ちで食事をするのは初めてだ。

前菜はズワイガニのレムラード。レモンの香りが食欲を誘い、ぺろりと食べ終えてしまった。次に出てきた牛フィレ肉のポワレは噛むと口の中で蕩け、自然と笑みが漏れる。

「そういえば、久我さんはなんのお仕事をされているんですか？」

フルコースの終盤になり何気なく尋ねると、彼は取り出した名刺をそっと私に差し出した。

そこには『久我ビルドコーポレーション　代表取締役社長　久我北斗』の文字。私は驚いて目をぱちくりさせた。

「その若さで社長さんなんですか？　どうりで落ち着いてらっしゃると思いました」

冷静で何事もスマートにこなせるのは、社長という肩書通り彼が有能だからなのだろう。

「落ち着いているなんて初めて言われた。それに、もう二十八だ」

久我さんがほんのわずかに表情を緩《ゆる》める。その瞬間、私の心臓がトクンッと音を立てた。これが巷《ちまた》でよく言う、ギャップ萌えというものだろうか。普段笑わない人が笑うと、その意外性にドキドキしてしまうやつだ。

ふたつ年上とは思えないくらい、彼は私よりずっと大人びて見える。肩書までパーフェクトなんて、やっぱり非の打ちどころのない人だ。

「昼間、名刺を切らしていると嘘をついて悪かった」

「どうしてそんなことを？」

「食事に誘われて困ったような顔をしていただろう。だから、俺が名刺を渡せばさらに断りづらくなるだろうと思って」

「ああ、そういうことでしたか」

私はふっと微笑む。

久我さんはあのとき、瞬時に私が考えていることを察し、名刺がないと咄嗟《とっさ》に嘘をついたのだ。

それは、自分が食事へ行きたくないからではなく、私を慮《おもんぱか》ってのことだったようだ。心の中がじんわりと温かくなる。こんなに優しい気遣いができる男性にはなかなかお目にかかれない。

「久我さんって、もしかしてご長男ですか？」

「ああ。なぜ分かったんだ？」

「やっぱり！　久我さん、よく周りを見ていますよね。優しくて気遣いもできる人なので、そうかなって」

言って微笑むと、彼は「そんなことはない」と困ったように表情を硬くする。

褒めているのに、喜ぶどころか渋い顔の彼を見て確信する。どうやら喜怒哀楽を表現するのが苦手で、意外にも口下手らしい。ようやく久我さんのことが分かってきた。

すべてにおいてパーフェクトだと思っていた彼の意外に可愛らしい部分に気付いて、胸の中がぽっと熱くなる。

まだ数時間しか一緒にいないのに、私は彼に惹かれ始めていた。この人のことをもっと知りたいという気持ちが湧き上がってくる。

「きちんと自己紹介していなかったですよね。改めまして、神楽萌音といいます。今は、代々続く呉服屋で働いています」

バッグから取り出した名刺を差し出すと、彼はまじまじとそれを眺めた。

「この呉服屋の店主なのか？」

「はい。父が亡くなったあと、私が店を継ぎました」

「そうか。だから、着物で来たんだな」

納得した様子の久我さん。私は苦笑いを浮かべながら肩を竦めた。

「正直に言うと、ディナーに着ていくドレスをすぐに用意できないがゆえの苦肉の策でした。ただ、こんな素敵な場所に連れてきてもらったのに、着物は場違いだったかもしれません。すみません」

「謝る必要はない。男と違って、女性は準備に時間がかかるんだろう。急に誘ったこちらが悪い」

ハッキリ断言して、彼は続ける。

「それに、場違いではない。色白で美人顔だから、着物がよく似合う」

一瞬、なにを言われているのか分からず反応が遅れた。

「あのっ、久我さん酔ってます？」

「いや、まったく。酔っているように見えるか？」

食事の合間に度数の強いお酒を呷《あお》っても、顔色は一切変わらない。お酒が入ると性格が変わってしまう人もいると言うけれど、そういうタイプにも見えない。

だとしたら、今の言葉って本気なの？　久我さんなりの冗談？　いや、でも……ますます頭の中が混乱してしまう。

「いえ。ただ、ちょっと驚いてしまって」

「なにに対してだ」

訝《いぶか》しげに尋ねる彼に、私のほうがタジタジになってしまう。

「急に美人顔とか、着物が似合うとか言われてびっくりしちゃって」

「嫌だったか？」

「まさか！　褒めていただけて光栄です」

私は照れ隠しでグラスを掴《つか》み、喉奥にワインを流し込んだ。口の端にわずかについた水滴をナプキンで拭《ぬぐ》ってから続ける。

「お恥ずかしい話、この年になっても恋愛経験が乏しくて。普段男性と接する機会も少ないので、過剰な反応をしてしまいました」

最後に彼氏がいたのは、二十歳のとき。友達に紹介された人で、何回か遊んだあと告白された。

彼は押しの強い人だった。自分と真逆な性格の彼とはきっと相性が悪いとなんとなく分かっていたから、最初は断った。けれど、『付き合ってから好きになることもあるから』と半ば強引に言い寄られてお付き合いを始めたのだ。

それが間違いだった。当時彼は大学生で、呉服屋に勤める私との生活スタイルはまったく異なっていて、あっという間に距離ができてしまった。付き合っているとき、すべての主導権は彼が握っていた。

インドア派の彼とのデートはいつも彼のアパート。大学やサークルの愚痴を、私はうんうんと相《あい》槌《づち》を打って聞き、それが終わると彼の万年床の布団に押し倒されて、『ヤろ』の言葉を合図に抱かれる。

行為には毎回引きつれたような痛みが伴った。彼に申し訳なくて、痛いとは言えなかった。

必死に耐えて彼を受け入れていたものの、『全然濡れないね。声も出さないから萎えるわ。萌音って不感症？』という言葉がダメ押しとなり、私たちは短い交際期間を終えた。

あれから六年。恋愛とは無縁の生活を続け、気付けば二十六歳のアラサーだ。

「俺も同じようなものだ。それに、特定の相手がいたことは一度もない」

「えっ！　そうなんですか」

意外すぎる発言に目を剥《む》く。深い交際ではなかっただけで、これまで彼女は何人もいたのだと思っていた。

「こうやって女性と食事に来るのもずいぶん久しぶりだ」

「久我さんってモテそうだし、女性が放っておくとは思えません。失礼ですけど、結婚願望はあるんですか？」

お酒の勢いもあって、興味本位で聞いてみる。

「結婚願望はあるが、相手がいないことにはなにも始まらない。最近は、祖母から早く嫁をもらえとせっつかれている」

「なるほど」

彼を焚《た》きつけているおばあさんの姿が目に浮かび、私は苦笑いを浮かべた。

「君はどうなんだ」

「私も結婚願望はあります。できるならば、自分の子供も欲しいです。だけど、やっぱり相手がいないことには……」

ふっと自嘲するように笑うと、久我さんも小さく笑みを返す。

「俺と同じか」

「はい」

いつか愛する人と結婚して、幸せな家庭を持ちたいという願いは常に心の中にある。

自分の子供も欲しい。両親が私を愛してくれたように、私も子供に愛情をたっぷりかけて育ててあげたい。けれど、今は先祖代々続く呉服屋を背負う責任がある。父の呉服屋を継ぐと決めたとき、私は必ず店を守ると誓った。それからは自分の幸せよりも仕事を優先し、身を粉《こ》にして働き続けた。

食後のケーキとコーヒーをいただく頃、私はすっかり酒に酔い気分が上がっていた。久しぶりの美味《おい》しいお酒、綺麗な夜景と豪華な雰囲気に、心がふわふわと浮つく。

「そういえば、最近の呉服市場はどうなんだ？　経営は厳しいんじゃないか？」

「そうですね。イベントの前後は忙しいですが、それも昔ほどではありません。特に今月は閑散期なので、お客様もまばらで。なにより、昨年従業員が全員辞めてしまったのが大きな痛手になっています」

「全員？　なにがあったんだ？」

会社の社長という立場の久我さんにとって、気になる内容だったのだろう。

普段だったら店の内情を他人に零したりはしない。けれど、心の片隅ではいつも、誰かに話を聞いてほしいと思っていた。

それもあって、つい口を開いてしまう。

「原因は、父の後妻の継母です。従業員を物のように扱い、尊厳を傷付けるようなことを平気で繰り返しました。みんなずっと我慢していたんです。でも、結局我慢の限界が来てしまったようで……。従業員には家族がいました。彼らを守ってあげられなかったのは、私のせいでもあります。本当に申し訳ないことをしました」

今の私には、辞めていった従業員がどこかで幸せに暮らしていることを願うしかできない。

こんな風に誰かに弱音を吐くのは初めてだと思いながら久我さんを見つめると、彼は神妙な表情を浮かべていた。

私ってば、余計なことを……。久我さんとは今日会ったばかりだ。いくら酒に酔っているとはいえ、まだよく知らない相手にここまで話してしまうなんて……

「それは、君のせいじゃない。辞めていった従業員も、きっと君の辛い胸の内を分かっているはずだ」

彼は確信を持ったように言う。

「久我さん……」

身の上話を迷惑がらないどころか、私の言葉を否定してくれたことが嬉しくて、胸がいっぱいになる。

「出すぎたことを言うが、その継母の存在が店にいい影響を与えるとは思えない」

彼は淀みない口調でハッキリそう告げる。

その瞬間、私の中に「この人なら」という予感が生まれた。相談をすれば、解決法を見出してくれるような――

私は改まって背筋を伸ばす。

「久我さんに聞いてほしいことがあるんです」

「ああ」

小さく頷いた彼に、私は続ける。

「うちの呉服屋は大通りに店を構える老舗《しにせ》店ですが、外から店内の様子を窺《うかが》えるよう配慮した庶民的な店です。地元の人や若い人にも喜んでもらえるように、手ごろな値段設定にしています。なので、私が子供の頃から知っている顔馴染みのお客様が今もたくさんいて、私は先代からの伝統を大切にしたいと考えています」

優雅にコーヒーを口にしながら、久我さんは黙って頷く。

「でも、継母は私とは正反対の考えを持っていて……。儲け重視のやり方でお客様に無理な販売をしているんです。それだけでなく、最近は店を売ろうと躍起《やっき》になっていて」

こんなことを久我さんに話したところで困らせるだけなのは分かっていたけれど、酔いの勢いもあって止まらない。

「店を売ろうとするのには、なにか理由があるのか？」

「去年、継母に恋人ができたんです。その人が――」

私は周りにウエイトレスなど人がいないことを確認したあと、小さな声で伝えた。

「実はヤクザの幹部らしくて。その男性と付き合い始めてから、継母は店を売るよう私をせっつき出したんです。もしかしたら、そのヤクザになにか吹き込まれたのかもしれません。私は父から継いだ店を守りたいんです」

ヤクザという物騒な単語を出したからか、久我さんの目が途端に鋭くなる。

「ちなみに、呉服屋の権利は誰になっているんだ」

「私が相続しました。継母がいくら店を売ろうと思っても、私の許可なしにそんなことはできませんよね？」

縋《すが》るような思いで尋ねると、彼の表情が険しくなる。

「普通はな。だが、継母の相手が本当にヤクザだとしたら話は変わってくる。金のために文書を偽造して店を奪おうとする可能性はある。継母がヤクザと付き合い始めたのは昨年だと言ったな？さっき聞いた話では、従業員が全員退職したのも昨年だ。あまりにもタイミングが良すぎると思わないか？」

「……言われてみれば、確かにおかしいです」

「店を売ろうと考えた場合、従業員の存在は邪魔でしかないし、継母に先手を打たれたのかもしれない。考えている以上に、事は急を要するかもしれないぞ。そのヤクザの組の名前は分かるか？」

「竹政組です」

「……竹政、か」

一瞬だけピリッと空気が張り詰めた気がした。久我さんは腕を組んで眉間に皺《しわ》を寄せ、テーブルに視線を落とした。

「竹政組を知っているんですか？」

「ああ。竹政は元々構成員百人足らずの小さな組だった。最近では、他の組を破門になった者や街の若い半グレを組に引き入れる方法で数を増やして、現在は倍の二百人を超える。数こそ少ないが、奴らは利益のためなら堅気《かたぎ》だろうがなんだろうが容赦なく手を出す、危険な集団だ」

「そうなんですね……」

頷いてはみたものの、世界が違いすぎてまだピンと来ない。

「継母の男が竹政組の幹部というのは間違いないか？」

「はい。継母がいつも自慢しているので」

「そうか。その男と面識は？」

「あります。継母に会いに来るという名目で度々店にやってきては、店内に居座るんです。その男の腕の刺青《いれずみ》を見て、馴染みのお客様も怖がるようになってしまって」

「暴力団排除条例ができてからは、堅気《かたぎ》に勧誘目的で声を掛けただけでも逮捕だ。ましてや、刺青《いれずみ》を見せるなんて脅迫罪に問われてもおかしくない。今後また同じようなことがあれば、警察を呼べ。もちろん、動画や音声の証拠も残したほうがいい。店内の監視カメラのデータもバックアップを取っておくべきだ」

その的確な助言に目を剥《む》く。久我さんはどうしてこんなにヤクザの世界に詳しいんだろう。

社長だから、こういった問題に対応したことがあるんだろうか。

「分かりました。それにしても、刺青《いれずみ》を見せただけでもアウトなんですね。継母の話だと、背中一面にびっしり白黒の刺青《いれずみ》が彫られているらしいです。腕まで連《つら》なっていたけど……今の刺青《いれずみ》って鮮やかな色だと思っていました」

「恐らくその刺青《いれずみ》は未完成だ。刺青《いれずみ》は一度に入れられない。範囲の広い背中一面に色を付けるとなると、三十回以上かかる」

「そうなんですか？　久我さんってヤクザのことに詳しいんですね。もしかして、任侠映画とか好きなんですか？　実は私も好きで、結構観るんです」

感心して言うと、久我さんはふっとわずかに笑みを浮かべた。唇の隙間から薄《うっす》ら見えた白く整った歯。

ふいに見せたその表情に、私は息をするのも忘れて魅入ってしまう。

「私、なんか変なこと言いました？」

「いや、なんでもない。任侠映画は好きでも、本物のヤクザは嫌いだろう？」

「もちろんです」

唐突な問いかけに私は迷うことなく頷く。

「……それが普通だ。堅気《かたぎ》の人間にとってヤクザなんて、害悪でしかないからな」

彼は当たり前というように私の言葉を肯定する。確かにヤクザは好きではない。だけど……

「久我さん、害悪だなんて言い方はあんまりです。それに、ヤクザだからといって全員が嫌いというわけではありません」

「どういう意味だ？」

彼は興味深そうに私の顔を見つめる。

「現に今、竹政組のヤクザに実家の呉服屋を売られそうになっているのにか？」

「それとこれとは話が別です。たとえその人がヤクザであったとしても、人間的に良い人か悪い人かは、自分の目で見て決めます」

私がそう言うと、久我さんはこちらをジッと見つめたまま黙った。

やってしまったと後悔してももう遅い。可愛げのないことを言って、呆れられてしまったに違いない。

「……なんか偉そうなことを言ってしまってすみません」

不快な思いをさせただろうことを謝るも、彼の反応は意外なものだった。

「自分の考えを持つのは悪いことじゃない。むしろ気骨があっていい。どうりで気難しいあの人が気に入るわけだ」

なぜか満足そうな久我さんの表情と肯定的な言葉を不思議に思いながらも、ホッと胸を撫で下ろす。

それから、私たちは会話に花を咲かせた。

久我さんは口数が多いタイプではなかったけれど会話は途切れることなく、私は自然体でいられた。言いたいことも我慢せずに打ち明けられる。

彼には不思議な安心感と包容力があるのだ。そしてなにより、男性としての強烈な魅力を感じる。伏し目がちな瞳や血色の良い唇に色気を感じ、長くしなやかな指に自然と目がいく。

この人はどんな風に女性を抱くんだろう……

いつもだったら考えもしないようなことばかりが頭に浮かぶ。いくらなんでも酔いすぎだと自分を戒《いまし》める。長い間独り身だったせいで、欲求不満になっているんだろうか。どちらかというと、自分はそういうことに消極的で淡白な人間だと思っていたのに。

「そろそろ行こう」

腕時計を確認し、久我さんは席を立つ。私も立ち上がったけれど、少しふらついてしまった。彼とのおしゃべりが楽しくて、思った以上に飲みすぎてしまったようだ。

レストランを出て、おぼつかない足取りでエレベーターに向かう。

「今日はご馳走様でした……。お料理、すごく美味《おい》しかったです」

折半にしようと提案したものの、彼はいつの間にか支払いを済ませていたらしく、私に財布を出す隙すら与えてくれなかった。

「ずいぶん酔っているな。大丈夫か？」

「はい」

そう答えたとき、ぐらりと体が揺れた。それに気付いた久我さんは素早い動きで私の腰に腕を回す。

グッと強い力で体を引き寄せられる。

細く見えた久我さんの体躯《たいく》は、意外なほどしっかりとしていた。肩に触れる胸板は固くて逞《たくま》しい。

彼に触れられている部分がジンジンと熱を帯びる。

「す、すみません！」

離れようとしたものの、久我さんは私の腰を掴《つか》んだまま離さない。私は恐縮しながらも、彼に支えられて再びゆっくりと歩き出す。

「今日……久我さんとたくさんお話しできて楽しかったです」

「俺といて楽しいなんて変わってるな」

エレベーターの前に着き、久我さんが上階へ行くボタンを押す。

「確かに最初は久我さんを冷たそうな人だって思ってました。でも、一緒にいるとなんか安心して……。さっきも、時間を忘れておしゃべりに夢中になっちゃいました」

ふふっと笑う私の横顔を見て、彼もわずかに表情を緩《ゆる》めた。

「女性との食事で、息が詰まると言われることはあっても、楽しいと言われたことは一度もない」

「本当ですか？　私、こんなに楽しかったのは久しぶりです。でも、もうそんな時間も終わっちゃうんですよね……」

切ない感情がせり上がってくる。一緒に食事をして彼の人となりを知り、もっと深く彼のことを知りたくなった。「またお会いできませんか？」と誘い、次の約束を取り付けて、関係を深めていく………それが普通だ。

けれど、次はない。彼が今、私をこうやってもてなしてくれるのは、私がおばあさんの恩人だから。お酒のせいか、それとも日々の疲れのせいか。この魅力的な男性とまだ離れたくないと思ってしまう。

やがて、一階にいたエレベーターが上昇してきた。ポンッという音がして、目の前の扉がゆっくりと開く。

「もっと一緒にいたかったな……」

腰に回されていた彼の腕が解かれた瞬間、心の中の呟きが自然と口から零れ落ちた。

私ってばなんてことを――

ハッとして逃げるように素早くエレベーターに乗り込み、ボタンを押そうと顔を上げると、久我さんと視線が絡み合った。その射貫くような強い双眸《そうぼう》に、ドキッと胸が鳴る。

「言い逃げか？」

「今の、聞こえて――」

そこまで言いかけたとき、久我さんは閉まりかけていた扉を手で押さえて、強引にエレベーターに乗り込んできた。あまりの迫力に後ずさり、エレベーターの奥に追いやられる。

「……久我さ……んんっ！」

彼の名前を呼ぼうとしたけれど、熱い唇に塞がれてその声は奪われた。

「今すぐ君を俺のものにしたい」

食事をしていたときとは、まるで別人のようになり、獲物を狙う獣《けもの》みたいな鋭い目つきで、久我さんは私を射貫く。

「まだ間に合う。嫌なら俺を拒め」

そう言って漆黒の双眸《そうぼう》で見つめられ、私はたまらず潤んだ瞳で彼を見上げた。

恋愛経験は乏しくても、私は大人だ。彼の言葉がなにを意味しているのかぐらい理解している。

「嫌なわけありません……。まだ、あなたから離れたくないんです」

そう告げると、久我さんは小さく頷き最上階のボタンを押す。

エレベーターがゆっくりと上昇する。その間、久我さんはなにも話そうとしない。心臓が破裂しそうなほど大きな音を立てて鳴り続ける。

最上階でエレベーターを降り、久我さんに腰を支えられたままふかふかの絨毯《じゅうたん》を歩いて部屋へ向かう。

カードキーを差し込み重厚な扉を開けて部屋の中に足を踏み入れた瞬間、久我さんは私の腰を抱き寄せて、唇を押し当てた。

舌が私の口内で蠢《うごめ》き、咄嗟《とっさ》に彼の腕を掴《つか》む。

「んっ……」

濃厚なキスの雨に応えるように、久我さんの首に腕を回す。すると、久我さんは私の膝の裏に腕を回して体を持ち上げ、スイートルームの奥にあるベッドに私を押し倒した。

「萌音は着物がよく似合うな。脱がせるのがもったいない」

「……今、萌音って……」

名前を呼ばれただけなのに、なんとも言えないほどの喜びが胸の中に溢れる。

「嫌か？」

「違います。嬉しくて……」

酔いのせいか、素直な気持ちが口から零れる。

彼は私の上に馬乗りになり、ジャケットを脱ぎながら器用にキスをする。

「んンッ……。あっ……」

舌を吸い上げられて、息継ぎをする間も与えられず、また唇を食《は》まれる。貪《むさぼ》るような官能的なキスに自然と声が漏れる。

久我さんは私を伏し目がちに見下ろしながらネクタイを取り、嵌《は》めていた腕時計を寝台の上に放った。その間も、私を逃がさないと言わんばかりに視線を逸らさない。

まだキスしかしていないのに、私の体は酷く熱を帯びていた。

今日出会ったばかりの久我さんと一夜をともにしようとしている自分が信じられない。

ワンナイトの経験など一度もない。友人からそういう話を聞かされても、自分には縁がない話だと思っていた。それなのに私は、目の前の彼に抱かれるのを期待して、胸を高鳴らせている。

これからの出来事を予感させる艶《なま》めかしい空気に、心臓がどうにかなりそうなほど激しく暴れていた。

「本当に私なんかでいいんですか……？」

恐る恐る尋ねると、彼はほんのわずかに目を細めた。

「勘違いするな。俺は考えもなく女を抱かない。後腐れが残るのが嫌だからな」

「私となら後腐れがないと？」

「そうじゃない。覚悟をもって抱く。ただそれだけのことだ」

「覚悟……ですか？」

「ああ、そうだ」

その言葉の意味をはかりかねている私の右手に、彼は自分の左手の指を絡ませて、ギュッと優しく握った。

視線が熱く絡み合う。それを合図に再び唇が重なり合った。

触れるだけのキスのあと、唇を味わうように食《は》まれた。息継ぎの合間にわずかに開いた唇の間から、舌を差し込まれて搦め取られる。

「んんっ……」

長いキスが終わり唇が離れると、息を吐くふたりの口の間に銀糸が伝った。休む間もなく、首筋に顔を埋《うず》めた久我さんの舌先がそこを優しくなぞる。

初めての刺激に、思わず体を震わせた。その瞬間、ふとあることを思い出して私は声を上げた。

「あのっ！」

「どうした？」

「汗を流したくて……。シャワーを浴びてきてもいいですか？」

季節は夏だ。着物姿で走ったせいで、いつもよりたくさん汗をかいてしまった。今はひいているけれど、やっぱり気になる。

「そんなの気にしなくていい」

「でも……」

「悪いが、もう止められない」

私を跨《また》いで見下ろす彼の目には、明らかな欲情の色が浮かんでいる。冷静さは欠いていないものの、呼吸は熱を帯びていた。

久我さんが私を求めてくれている——そう考えると、喜びと興奮が込み上げてくる。

「じゃあ、せめて電気を消してもらえませんか？　どうしても恥ずかしくて……」

そうお願いすると、久我さんは黙って聞き入れてくれた。

カーテンを閉め、照明が落とされる。けれど、枕元の間接照明は点いたままだ。

「これも、消してもらえませんか……？」

「全部消したらなにも見えなくなるだろう」

「ダメ、ですか？」

「……分かった」

渋々ながら、久我さんは部屋の明かりをすべて消してくれた。

視界にはなにも映らない。彼の姿がほとんど見えないことで、緊張が緩《ゆる》む。

「真っ暗でなにも見えないな」

残念そうな彼の声がする。

「ワガママ言ってすみません……」

「気にするな。じきに目が慣れる。それに、女性は本能的に触覚から性的興奮を得ると言うし、暗いところですするのも悪くないかもしれない」

やっぱり久我さんは今までの男性とはまったく違う。

昔付き合っていた彼氏は、私がいくら拒んでも『男は女の体を見ながらしないと興奮しないから』と電気を消してくれなかった。

私の気持ちを優先してくれる久我さんの優しさに胸が熱くなる。

真っ暗闇の中にもかかわらず、彼は私の着物を器用に脱がせた。何事もスマートにこなす彼ならば当然のことかもしれないが、少しだけ複雑な気持ちになる。彼は今まで何人の女性を抱いたんだろう……。そんな資格なんてないのに、わずかな嫉妬心が湧き上がる。

久我さんは下着姿の私の横に寝転び、ギュッと優しく抱きしめた。

自然と互いの脚が密着して、淫《みだ》らに絡まり合う。彼は感触を確かめるように何度も唇を重ね合わせたあと、そっとおでこにキスを落として、まるで愛おしい人にするかのように髪を撫でつける。

まるで恋人同士の営《いとな》みのようだ。

まだ肝心な部分には一切触れられていないのに全身が敏感になり、自然と甘い吐息が漏れる。

久我さんは再び私の体を跨《また》ぐと、首筋に顔を埋《うず》めて熱を持った舌でなぞった。

体がピクッと反応する。肌に触れた熱く柔らかい舌の感覚に頭の中がふわふわする。

その間に、久我さんは大きな手のひらで私の腰を撫でる。体のラインを確かめるようにたっぷりと時間をかけて全身に手を這わせたあと、彼の手が胸の膨らみに触れた。

「手に収まりきらない。ずいぶん着痩せするタイプなんだな」

耳元で囁《ささや》かれて、あまりの恥ずかしさに声も出ない。

ブラの上から大きな手のひらで膨らみを包み込まれて、形を確かめるように押し揉まれる。

巧みにこねられる度に布越しの感覚にもどかしさを覚えて、先端にあるものが甘ったるく疼《うず》く。

私の疼《うず》きを察したのか、彼は頂《いただ》きを布越しに指先でカリカリと引っ掻いた。甘い刺激にビクッと体が小さく跳ねる。

「感度が良いんだな」

耳元で艶《つや》っぽい声で囁《ささや》かれて背中がゾクゾクする。

久我さんはスマートな動きでブラのホックを外した。締め付けから解放された大ぶりな胸がポロンッと零れる。

「やっ……」

恥ずかしさから咄嗟《とっさ》に胸を隠そうとするも、その手はいとも簡単に阻まれた。

久我さんは膨らみが露《あらわ》になってからもすぐに頂《いただ》きに触れようとはせず、触れるか触れないかの絶妙なタッチで胸の外側をなぞる。そして、私の口内を味わうようにねっとりと舌を絡ませてきた。

私は彼に応えるように必死に舌を差し出す。

互いの感情をぶつけ合い、貪《むさぼ》るようなキスを繰り返す。

やがて、久我さんは体をスライドさせて私のお腹に舌を這わせた。ツーッと胸の膨らみまでゆっくり舐め上げるのに、決して頂点には触れない。

彼を待ち望むように無防備に晒《さら》されたふたつの蕾《つぼみ》は、痛いほどに反り立っている。

いつその頂《いただ》きに触れられるのか分からず、私はもどかしさのあまり腰をくねらせて膝を擦《す》り合わせた。中途半端な刺激を繰り返されて、下半身が切なくじんじんと疼《うず》く。

「……っ、意地悪しないで……」

「意地悪？」

暗闇の中で久我さんが小さく笑ったのが分かった。

私がなにを訴えているのか分かっているのに、あえて羞恥心《しゅうちしん》を刺激しようとしてくる。

「萌音、分からないから、ちゃんと言ってくれ」

「早く触って……ほしいです」

「どこを？」

「久我さんっ……お願い……」

自分から相手に求めるのは初めての経験だった。過去に体を重ねた男性は、キスもそこそこにすぐに服と下着を脱がせて体に触れようとしたから。

「ああ、ここか？」

とぼけた口調で言う彼。その指先がなんの前触れもなく薄桃色の突起に触れた瞬間、背中が弓なりに反った。

「あぁ！」

自分でも信じられないぐらい、淫靡《いんび》な声を上げてしまった。

ハッとして口を押さえると、「我慢しなくていい」とその手を拘束するように握られてしまう。

「だって、恥ずかしい……」

「大丈夫だ。ここには俺しかいない」

「久我さんだから……恥ずかしいんです」

「あまり煽《あお》るな」

わずかに顔に笑みを浮かべた久我さんは、本当に素敵だ。彼のように魅力的な男性と一夜をともにしていることが、いまだに信じられない。

久我さんは、ツンッと尖った右胸の先端を指で優しくいじめる。

さらに、反対側の果実を柔らかい舌先で転がして吸い上げた。

「あっ……んんっ……」

声が漏れないように手の甲で口元を押さえても、体が震えて感じていることを隠し切れない。

「声を我慢するな。もっと聞かせてくれ」

息つく暇も与えられず、ピンポイントにふたつの先端を器用に指と舌で刺激され続ける。

まだ触れられていないはずの下半身がじくじくと熱を持ち、なにかを期待するかのようにきゅっと内側を締め付けて蠢《うごめ》く。

たっぷりと上半身を愛でられ、頭がクラクラしてくる。

彼が体勢を変えたとき、太ももに硬くて熱いものが当たった。それがなにかを悟り、恥ずかしい反面、嬉しさが込み上げる。

私が彼に欲情しているように、彼もまた私に……？

そんなことを考えている間に長い指が下半身に伸びて、太ももの内側をふんわりと撫でつける。

さらにショーツのクロッチの外側を焦らすように優しく指でなぞられて、体が小刻みに震えた。

自分は不感症だと思っていたのに、今ベッドの上で快感に身悶えているなんて信じられない。必死に堪《こら》えようとしても、自然とくぐもった喘ぎ声が漏れた。

「久我さ……ん。あぁ!!」

ショーツの上から秘部を指先で擦《こす》られて、抵抗できないぐらいの快感が脳に突き抜ける。

「ずいぶん濡れやすいんだな。もうびっしょりだ」

「ちがっ……、私、不感症って言われて……」

「不感症？　これのどこが？」

言うや否や、彼の長い指がショーツの隙間から差し込まれる。秘裂をなぞられた瞬間、太ももがガタガタと震えた。

「ああん……！」

くちゅっと卑猥な音がしたあと、暗闇の中で久我さんが息を呑んだのが分かった。

彼は性急にショーツをはぎ取り、蜜口から溢れ出た愛液を指で掬《すく》い取ると、秘裂をゆるゆると前後になぞる。

「やぁっ……」

「今までのことは気にするな。相手が下手だっただけだ」

コンプレックスを一蹴してくれる彼の力強い言葉に、優しさを感じる。

「あっ……！」

久我さんが私の脚の間に体を移動させたので、なにをするのかと咄嗟《とっさ》に上体を起こす。おへその辺りにキスをしながら体をゆっくりと下にずらした彼は、私の両脚を押し広げ、その間に顔を埋《うず》めた。

慌てて体を引こうとしたけれど、しっかりと太ももを掴《つか》まれているので逃げられない。膝を折り曲げられ、さらに脚を大きく開かされる。

「待って……。そこはダメです、恥ずかしい……」

「大丈夫だ。じきに恥ずかしがる余裕はなくなる」

脚をばたつかせて抵抗するものの、久我さんの唇が脚の付け根に触れた途端、脚にピンッと力がこもった。彼の熱い息が敏感な部分にかかり、ギュッと目を瞑《つぶ》って必死に羞恥《しゅうち》に耐える。

肉厚で柔らかな舌先は、一番敏感な部分をギリギリ避けるように上下していた。焦らすように花芯の周りを舐めたり音を立てたりして吸い上げる。

「はぁ……んっ……んんっ」

悩ましい疼《うず》きが体の中心を走り、もどかしさが募っていく。

真っ暗で視界が制限されているせいか、全身が性感帯のように敏感になってしまっている。

久我さんから与えられるどうしようもないほどの疼《うず》き。たまらず脚を閉じようとしたとき、舌先が最も敏感な部分に触れ、腰が跳ねた。ぷっくりと膨らんだ陰核を鋭く尖らせた舌先で転がされると、甘美な刺激を喜ぶようにトロトロの蜜が溢れる。

「ああ……!!」

羞恥心《しゅうちしん》をはるかに凌駕《りょうが》するほどの気持ち良さに、本能のまま喘ぐ。限界まで焦らされていたこともあり、想像以上の快感で目の前に火花が飛ぶ。

「ここがいいのか？」

「ちがっ……」

「そうか。それなら体に聞くまでだな」

彼は唾液をたっぷりつけた舌で巧みに強弱をつけて陰核を舐《ねぶ》る。さらに口の中で秘玉を転がされ、軽く吸われた。一定のリズムで刻み込まれる快感に理性が溶かされ、体が細かく痙攣《けいれん》する。

「やぁ……んっ……はぁっ……」

わざと音を立てるようにじゅるっと蜜を吸われ、体をのけぞらせた。私から滴《したた》る愛液と彼の唾液が混じり合って、室内にいやらしい音が響く。

「あっ、ああっ……、そこ、ダメッ……あぁ！」

花芽を舌の先でチロチロと小刻みに刺激される。久我さんの言葉通り、私は恥ずかしがる余裕を一切失い、目に涙を浮かべながら我を忘れて喘いだ。

今までのセックスはなんだったんだろう。自分がこんな風に乱れてしまうなんて、想像もしていなかった。

ようやく唇が離れると、彼はそのしなやかな指先を感度の高まった蜜口にあてがった。溢れる蜜を指の腹で掬《すく》い、私の中にゆっくり入れる。

その指が数センチ入ったところで、今までとは違う感覚に両脚にぐっと力がこもった。未経験ではないとはいえ、こういう行為をするのは六年ぶりだ。それを察したのだろう、久我さんは、指をそっと抜き、私を労《いた》わるように優しく抱きしめた。

「怖いか？」

「……大丈夫です。すごく久しぶりなので、ちょっと緊張しちゃって」

彼とこうなることを望んだのは私だ。今さら引き返すことはできない。

それに私は今、自分でも抗えないほどに彼を求めている。

「おまえが嫌がることはしない。約束する」

「いいんです。私が望んだことですから」

私は自分も求めていると伝えるように、久我さんの首に腕を回して抱きついた。互いにきつく抱きしめ合いながら、激しいキスを交わす。

ふたり分の荒々しい息遣いが静かな室内に響く。その淫靡《いんび》な行為に没頭していると、彼の指が再び蜜壺に押し当てられた。

「んっ……」

「痛くないか？」

そう尋ねながら、骨ばった指が隘路を進む。

「大丈夫です。むしろ……」

「むしろ？」

「……気持ち、いいです」

素直に伝えると、暗闇の中で彼がなにかに耐えるように短く息を吐いた。

「そうか。素直に伝えてもらえると助かる」

それから久我さんは、たっぷり時間をかけて指を私の奥まで挿《さ》し込んだ。そして中を探るように蠢《うごめ》き、ある部分に触れるとトントンッと小刻みに揺らす。

「ああっ！」

まるで、体に電流が走ったみたいだった。

「ここか」

激しく出し入れされているわけではない。ただ、揺らされているだけなのにその刺激は強烈で、私はシーツをきつく握りしめて悶える。透明な蜜がおしりのほうまで滴《したた》っているのが自分でも分かった。

グチュグチュといういやらしい音が静かな室内に響く。蜜壷の中で指をかぎ状に折り曲げられ、同じ力加減で揺さぶられる。

「あっ、あぁっ……！」

内壁を刺激され、さらにダメ押しのように親指で雌芯を擦《こす》られた。

「久我さ……んっ。もう……ダメッ……ッ」

彼によって存分に蕩けさせられた私は、涙目になりながら訴えた。そんな私に優しくキスを落とすと、久我さんは「俺も限界だ」と掠れた声で返す。

暗闇の中にカチャカチャッとベルトを外す音が響いたあと、彼は仰向《あおむ》けの私に覆いかぶさった。

熱い切っ先が濡れた割れ目をゆるゆると往復する。

「あぁっ……んっ……」

待ち望んだ刺激を受けてぷっくりと膨れ上がった柔粒を、剛直の先端で刺激され、思わず快感に喘いだ。

「挿《い》れるぞ」

そう言って、彼は蕩け切った蜜口に熱い先端を押し当てた。

たっぷりの蜜を纏《まと》わせた屹立を、時間をかけて私の中に沈み込ませる。

指とは比較にならないほど滾《たぎ》った劣情が、メリメリと押し入ってくる。

「つらいか？」

「……大丈夫です」

こんなときでも私を気遣ってくれる久我さんに、愛おしさが込み上げてきて心が震える。

短いストロークで腰を揺らしながら、熱い屹立は奥へと進む。久我さんは上半身を密着させるように折り曲げ、ぐぐっと体重をかけた。その重さを感じたときには、彼自身が隘路を隙間なく埋め尽くしていた。

久我さんのすべてを受け入れ、私は全身をわななかせた。押し広げられた肉襞が収縮して彼を締め付ける。

「ああっ」

快感以上の幸せに満たされて嬌声を上げると、私は縋《すが》るように久我さんの背中に腕を回した。彼の体には贅肉など一切なく、鍛えているのか筋肉質で逞《たくま》しい。

「全部、入ったぞ」

繋《つな》がってもすぐに腰を動かすことなく、久我さんは私の髪を撫でて優しくキスを落とす。それを嬉しく思いつつ、中を埋め尽くす大きな塊の圧迫感に、時折息が止まりそうになる。

「動くぞ」

「あっ……」

互いの形がようやく馴染んだ頃合いで、ついに待ち望んだ瞬間が訪れた。私の両脚を抱え上げ、久我さんがゆっくりとグラインドした。けれど、彼はある程度の深さまで行くと腰を引く。入り口付近で浅いピストンを繰り返されて、もどかしさに奥がじくじくと疼《うず》いた。

久我さんはなにかに耐えているのか、荒い呼吸を繰り返している。前戯のように私を快感へ導くために焦らしているわけではなさそうだ。

ということは、私が痛みを感じないように気遣ってくれているんだろう。けれど、私の中の疼《うず》きはもはや限界を超えていた。

「久我……さんっ」

「どうした？　つらいか？」

「ち、違うんです。……久我さんの全部を受け止めたいんです……」

瞬間、脈打つ怒張が大きく膨れ上がったのが分かった。

彼は私の耳元でごくりと唾を呑み込み、尋ねる。

「いいのか？」

「はい。全部……ください」

「……そこまで言われたら、悪いがもう理性はきかない」

そう言った途端、久我さんは私の逃げ道を塞ぐみたいに両肩を手で押さえ、最奥を一気に抉《えぐ》った。

「あぁ!!」

子宮口に亀頭がめり込む。熱い肉棒が膣内をかき乱す。擦《す》り付けるように突き上げられて、私は嬌声を上げた。

力強い腰使いに激しい快感を受け、視界がチカチカと瞬《またた》く。体の奥底で必死に堪《こら》えていた熱が弾け、愉悦が全身に駆け抜けた。

「ああっ、気持ち……いいっ。久我さん……っ」

たまらず声を上げて彼の名前を呼ぶ。

彼は私の腰を掴《つか》み、子宮の底をゴンゴンッと叩くように角度をつけて突き上げた。

「ひあっ」

「ここ、当たってるな。好きなんだろう？」

「ダメッ、あっ……」

恥骨の裏にある弱い部分を抉《えぐ》られる。蜜口から溢れた愛液が泡立って、下肢をトロトロに濡らしていった。

「ああんっ……もっ、そこばっかり……！」

あまりの快感に下半身に力がこもり、ぎゅっと彼自身を締め付ける。

「くっ……そんなに強く締め付けるな」

彼がくぐもった声を上げて唸《うな》った。

「ちがっ……久我さんのが大きいから……なか……いっぱいで……」

「萌音は俺を焚《た》きつける天才だな」

久我さんはそう言うと、お返しとばかりに激しく突き上げながら、蜜にまみれた花芯を親指で擦《こす》る。

「ダメッ……一緒に触っちゃ……っああ！」

最上級の甘美な刺激から逃げようとしても、久我さんはそれを許してくれない。

快感の波が押し寄せ、自然と体が強張《こわば》る。私は逞《たくま》しい彼の体にしがみつき、切なく叫ぶしかできなかった。

それに応えるように彼は両腕で私の体をきつく抱きしめて、最奥を貫いた。硬い先端が子宮口を削る。

「あああ！」

目の前が白く弾け、すべての理性が焼き切れた。喜悦の声を放ち、私は絶頂に導かれた。

膣肉が痙攣《けいれん》して、意識が遠のきかける。呼吸は乱れ、全身に汗をかいていた。

こんなセックスは生まれて初めてだ。体から力が抜け、浅い呼吸を繰り返す私を労《ねぎら》うように、久我さんは優しくキスを落とす。

「まだ終わりじゃないぞ」

耳元で熱っぽく囁《ささや》き、久我さんは再び腰をグラインドさせた。

「えっ、あぁっ！」

一度達したというのにまだ中は快感を拾い、突き上げられる度に嬌声を上げてしまう。はっはっと短い息を吐きながら、激しく腰を打ち付けてくる久我さんに、底なしの快楽を植え付けられてしまったみたいだ。

私は一体どうしてしまったんだろう……

彼の腕の中で喘ぎ、快感を貪《むさぼ》るように自然と抽挿の動きに合わせて腰が揺れる。

「あっ……ああ……っああ!!」

「……っ、萌音……！」

彼は一心不乱に律動を刻みながら、再びの絶頂の予感に腰をくねらせて喘ぐ私の腰を押さえ付ける。

隘路を押し広げる屹立がさらに太さを増す。肉槍がどくんっと大きく脈打ったのが分かった。

「ああっ、また……イっちゃ……う！」

理性を失いそうなほどの快感に腰をぶるぶると震わせて、私は首を反らせて枕に後頭部を強く押し付けた。

それを合図にしたかのように、久我さんは律動を速める。

「あぁ……イくっ、あああ!!」

強烈な陶酔と快感にひと際大きな声で喘ぐ。

「くっ……」

久我さんは私の絶頂とほぼ同時に、吐息交じりに艶《つや》っぽい呻《うめ》き声を漏らした。

ヌルヌルになった蜜壺から滾《たぎ》った肉塊をずるりと引き抜くと、大量の白濁の粘液が腹部に迸《ほとばし》る。

しっとりと汗ばんだ腹部に生温かい感触を覚える。暗闇の中で久我さんがベッドサイドにあったティッシュを引き抜いた音がした。肩で息をする私にそっと手を伸ばし、白濁の精を綺麗に拭《ぬぐ》ってくれる。

甘美な刺激の余韻に浸っていると、彼は再び私の唇を荒々しく奪った。

「く、久我さん……？」

キスの合間になんとか言葉を紡ぐ。

「まだ終わらせない。もっとおまえを味わいたい」

一度達しただけでは欲望は衰《おとろ》えなかったらしい。久我さんは私をベッドの上で四つん這いにさせて腰を後ろから掴《つか》み、覆いかぶさる。

濡れそぼっている花弁に、再び灼熱の欲望の先端を押し当てられた。

「あぁっ！」

蜜で満たされた膣肉はいとも簡単に屹立を咥え込んだ。さらに一気に最奥まで貫かれて、甘い喘ぎ声を上げる。

「あっ……！」

後ろから耳を食《は》まれ、胸を両手で揉みしだかれる。彼は手を緩《ゆる》めず、今度は反り立った両胸の蕾《つぼみ》を指で淫《みだ》らに弾いた。

「やっ……ああ！」

「いやか？」

「ちがっ」

「じゃあ、なんだ」

「……いいっ……気持ちいいのっ……！」

本能のまま叫ぶと、久我さんがふっと笑った気がした。

「そうか。なら、もっと気持ち良くなれ」

ぐちゅっぐちゅっと卑猥な音を立てて屹立を抜き差しされ、頭の中が真っ白になる。全身から興奮の汗が噴き出して、火照《ほて》った肌には汗の玉が浮いている。

彼は後ろから隙間なく覆いかぶさったまま、まるで獣《けもの》のように私をずんずんっと突き上げ続ける。

「あっ、ダメ……ああ！」

腰を打ち付けながら右手を結合部に伸ばした久我さんは、溢れた蜜とともに陰核を擦《こす》った。膨らんだ花芯が燃えるように熱くなる。

「あぁあ……そこ……あっ……」

耐えがたい快感に我を忘れて私はよがる。膝が震えて脚に力が入らない。

その間にも彼の動きはさらに激しさを増し、最奥をごんごんっと突き上げる。

「はっ……すごい。萌音のナカ、俺に吸い付いてくるぞ」

久我さんの妖艶な声で、さらに快感が増したようだ。

割れ目だけでなく太ももまで愛液が飛び散り、ぐっしょりと濡れている。

「もっと俺を感じてくれ。乱れさせて、啼《な》かせたい」

こんな素敵な男性に求められていることへの喜びと幸せが、胸の中に溢れる。

「久我さん……キス……して」

歓喜の涙を浮かべながら言うと、久我さんは肉塊を挿《い》れたまま私の膝を両脚で挟み、抱きかかえるようにして上体を起こした。彼の膝の上に乗っているような体勢だ。

「舌を出して」

彼に体を支えられ、私は恐る恐る振り返って舌を差し出した。

「ふっ……んっ、んんっ……！」

久我さんは私の舌に強く吸い付きながら一気に突き上げた。

脳芯まで熱い快感が走り抜けて、口づけに応える余裕もなくなる。

彼はこの短時間で私の弱いところを熟知したようで、そこばかりを執拗に攻め立てるのだ。

「あっ……、やだっ、おかしくなっちゃう……」

「全部解放しろ。俺が受け止める」

「やぁ……！」

再び唇を奪われて、欲望のままに舌を淫《みだ》らに絡ませ合う。

「今夜は寝かせない。覚悟してくれ」

その言葉通り、私は一晩中久我さんに抱き潰されたのだった。


「んっ……」

なにか刺激を感じて、私はゆっくりと目を開けた。カーテンの隙間から差し込んだ朝日が顔を照らしている。

どうやら疲れて果てて眠ってしまったようだ。今日は火曜日。店は定休日だが、やり残した仕事がある。

それにしても、なんだか全身が気怠《けだる》いし、寒くもないのに不思議と体がスースーする。

そんなことを考えながら時折襲ってくる睡魔と戦っていると、ふと天井の豪華絢爛《けんらん》な照明器具が目に入った。もちろん、我が家にこんなものはない。

「え」

一瞬フリーズしかけた脳が、一斉に処理を始める。そうだ。昨日、私は久我さんにディナーをご馳走になって、お酒をたくさん飲んで、それから……

「私――！」

ガバッと勢いよく起き上がる。昨晩、私は彼に抱き潰され、疲れ果てて泥のように眠ってしまったんだった。

服をなにも着ていない自分の体を見下ろし、昨晩の熱が一気に蘇《よみがえ》る。酔っていたとはいえ、初対面の相手にあんなにも淫《みだ》らな姿を晒《さら》してしまうなんて……

恥ずかしさに顔を赤らめつつ、現状を把握すべく、まずはそっと彼の名前を呼ぶ。

「久我……さん？」

部屋を見渡すも、彼の姿はない。そろそろとベッドから下りて確認すると、高級そうなソファの上には丁寧に畳まれた着物が置かれていた。けれど、彼の私物は見当たらない。ということは、身支度を済ませて先に部屋を出たのだろう。そのことに安堵すると同時に切なさを覚える。

久我さんと意気投合した私は、合意の上で一夜をともにした。こうなることは予想していたけれど、せめて別れの挨拶《あいさつ》ぐらいはしたかった。

「……帰ろう」

急に虚しさが込み上げてくる。スパやマッサージなど好きに使っていいと言われたけれど、このままホテルで羽を伸ばす気になどなれない。私は顔を洗って簡単に化粧をし、身支度を済ませる。

そのとき、奥の部屋から足音が聞こえてきた。

音のほうへ顔を向けると、そこには白いワイシャツ姿の久我さんが立っていた。

「え、どうして……」

てっきり先に部屋を出たと思っていたのに……

驚きで目頭が熱くなったと同時に、涙がポロリと零れて頬を伝った。

「わっ、私ってばなんで……」

勘違いだったけれど、置いて行かれたことに、自分が考えていた以上に傷ついていたのだろうか。

すると久我さんは私の前まで歩み寄り、指先でそっと涙を拭《ぬぐ》った。

「なぜ泣いているんだ。どこか痛むか?」

「……違います」

なんでもないというように、私は首を横に振る。背の高い彼はわずかに腰を折って、私の顔を覗き込んだ。

「萌音、どうした。言わないと分からない」

年の差はたった二歳なのに久我さんの口調は大人びていて、まるで子供に話しかけているように優しい。

彼が部屋の中にいたのも、こうやって心配そうな目を向けてくれるのも、今起きている出来事すべてが信じられない。

「どうしてここにいるんですか……?」

「そう聞かれても困る。いないほうが良かったか?」

「違います! でも、久我さんは私と顔を合わせずに帰ったほうが都合が良かったんじゃないですか?」

「それはどういう意味だ?」

「だって、私たちって一夜限りの関係ですよね?」

私は思い切って聞いてみる。

すると、彼は真っすぐ私を見つめて口を開いた。

「俺は一夜限りだと思っておまえを抱いていない」

「え……？」

「言っただろう。俺はむやみに女を抱かないと」

「それは聞きましたけど……」

「覚悟あってのことだ」

「覚悟、ですか？」

そういえば、久我さんは昨日もそんなことを言っていた。

「ああ、そうだ。だから――」

彼は射貫くような強い瞳で私を見つめながら続ける。

「――俺の嫁になれ」

有無を言わさぬ口調だった。その眼光は、本能的に抗えないと感じるほどに強い。私は、思ってもみなかった言葉に目を白黒させせた。

「付き合ってくれ」じゃなくて「嫁になれ」とは一体どういうことだろう。私は彼に騙されているんだろうか……？

もしかして、結婚詐欺的ななにかだろうか。うまいこと私から財産を奪おうとしている？

けれど、久我さんには社長という社会的な地位がある。私の微々たる財産を狙う必要など皆無だろう。

だとしたら、なぜ？

頭の中に浮かび上がった疑問がグルグルと回り、混乱する。

「ちょっと待ってください。意味がよく分からないんですが……」

「言葉の通りだ」

「嫁ってことは、結婚ってことですよね？　昨日出会ったばかりで、お互いまだ知らないこともたくさんあるのに……結婚はいくらなんでも早すぎませんか？」

結婚するなら、まずはお付き合いをして互いのことを知っていく必要がある。さらに、両家の結びつきが発生するため、親に会うことも大事だ。私の両親はすでに他界しているけれど、久我さんは違う。

「それは問題ない」

私の心配をよそに、彼はハッキリと言い切る。

「昨日話して、おまえの人間性は大方理解できた。それにもう、体の隅々まで知っている。どこを触られたら悦《よろこ》ぶのかまで、全部だ」

「なっ……」

「体の相性だって抜群に良かっただろう？」

「そ、それはそうですけど……」

いたって真面目にとんでもない爆弾発言をかましてくるからたまらない。

「俺では不満か？　もし不満があるならなんでも言ってくれ。善処する」

「不満なんてありません！　正直、久我さんには魅力を感じていますし、好意があるからこそあなたに抱かれたわけで……」

「そうか」

彼の表情に特に変化はないものの、声のトーンがほんのわずかに上がった気がする。

「あの、結婚はあれですけど、まずはお友達からということではいかがでしょうか？」

本当は久我さんとお付き合いしたいと思った。でも、彼が求めているのは『お嫁さん』なわけで、私の気持ちと温度差がある。

それに「好きです」と言われたわけではないし、かといって「お付き合いから」と言う勇気はない。

ただ、どんな関係になったとしても、彼の人となりをもっと知りたい。久我さんの言う通り体の相性は抜群だったし、性格や価値観のズレも問題ないと分かれば先へ進める。

呉服屋のことや継母とのいざこざを知ってもなお、私に求婚してくれる貴重な男性がこれから先現れるとは思えないし……。

順番は逆になってしまったけど、まずは友達として互いを知っていき、それから徐々に関係を築いて恋人関係になれたら嬉しい。

そして、最終的には結婚をして――

そんな気持ちで提案したけれど、久我さんの反応はいまいちだった。

「友達？　俺たちは一夜をともにした仲だ。セフレにでもなるつもりか？　俺はおまえと体の関係だけで終わらせるつもりはない」

呆れたように言われて、私は慌てて否定する。

「ま、まさか！　セフレだなんて、そんなつもりはありません」

「さっき俺に好意があると言ったよな？」

「言いましたけど……」

自分の主張が正当だと言わんばかりの言い方に気圧《けお》されて、私はおずおずと答える。

嫌いな相手と関係を持とうとする人間はいない。けれど、一度ベッドをともにしただけで結婚というのも、極端な気がするのは私だけだろうか。

「だったらなんの問題もないな。まずは婚約だ。そのあと、諸々のスケジュールを考えよう」

強引に物事を進めようとする久我さんに呆然としていると、お腹がぐぅぅっとけたたましい音を立てて鳴った。

「ふっ。まずは腹を満たすのが先だな。ルームサービスを頼もう」

ポンッと頭を軽く叩かれて、息が止まりそうになった。彼のふいに見せる笑顔に心臓が撃ち抜かれる。普段は感情を表に出さない人の笑顔の破壊力はすごい。

「あっつ……」

全身が熱を帯びて、私は火照《ほて》った頬をパタパタと手で扇《あお》いだ。

「確かに少し暑いな。温度を下げるか」

彼は空調の設定を変えると、ワイシャツの袖のボタンを外してクルクルと腕まくりをする。

その仕草にすら色気を感じて、目のやり場に困ってしまった。

「朝食は洋食と和食どちらがいい？」

そう言って、久我さんはメニューを差し出した。そのとき、腕まくりした前腕になにかが見えた。

「え……？」

視線が彼の腕に留まる。手首につけられた超高級時計。血管の浮き出た逞《たくま》しい前腕。そこまではいい。ただ、肘の五センチほど下、ちょうど七分袖の辺りになにか模様があるのだ。

「わ、和食ですかねぇ」

心臓がドクンドクンと震える。こういった模様に既視感がある。継母の恋人のヤクザも七分袖の辺りまでアレが入っていた。

まさか。そんな、ありえない。

「じゃあ、和食にするか。俺も同じものにする」

体を重ねたことで少しだけ気を許してくれたのか、久我さんは昨日よりも砕けた口調だ。

彼がメニューに気を取られているのをいいことに、私はゆっくりと背後に回る。

清潔な真っ白いワイシャツが朝日に照らされる。わずかに透けたその背中一面に、なにやら色鮮やかな模様が浮き上がっていた。

いやいや、まさか。柄入りのTシャツを着ているんだ。彼は任侠映画が好きだったはず……だからか。そうだ、きっとそう！　意外な趣味をお持ちのようだと、必死に自分を誤魔化す。

「どうした？」

振り返った久我さんが不思議そうに私を見つめる。

「あのっ、勘違いかもしれないんですが……ワイシャツの下に七分袖のお洋服を着ているんでしょうか？」

「いや、着ていないが」

「えっと、じゃあ……背中と腕のあれは……」

「ああ、これか？　刺青《いれずみ》だ」

「い、い、刺青《いれずみ》!?」

あまりの驚きに、大きな声を上げてしまった。

「なにを今知ったような顔をしているんだ。昨日の夜にも散々見ただろう」

平然とした顔をする久我さんに、私はブンブンと首を横に振る。

「昨日は真っ暗でなにも見えなくて」

「……ああ、そうだったのか。てっきり知っているのかと思っていた」

久我さんはおもむろにワイシャツのボタンを外して上半身を露《あらわ》にした。陽の光に照らされた逞《たくま》しく引き締まった彼の上半身を見て、私は目を見開く。ごくりと唾を呑み下し、彼の周りを恐る恐る一周した。

背中に彫られた色鮮やかな緑色の昇り龍。刺青《いれずみ》は背中だけでなく胸元や前腕まで連《つら》なっている。

久我さんは再びワイシャツを羽織り、私に向き直った。

「隠していたわけではない。それだけは誤解しないでくれ」

真剣な表情で言う彼に、こくりこくりと声も出さずに頷く。確かに昨日の夜、彼は服を脱いだし、私が頼むまで電気を消そうとしなかった。隠す気がなかったのは間違いない。

「い、刺青《いれずみ》のことは分かりました。あのっ、それはご趣味で入れたものですか？」

「別に趣味ではない。その道で生きる覚悟と信念をもって入れた」

「その道？」

彼は真っすぐに私を見つめて続けた。

「極道だ」

彼の言葉が脳内で反響する。ごくどう、極道……

「極道!?　えっ、でも、久我さんは会社の社長さんですよね？」

確か久我ビルドコーポレーションという社名だったはずだ。

「あの会社は竜星《りゅうせい》組のフロント企業だ。他にも不動産や金融業、運送業まで多岐にわたって経営している」

混乱する私に彼は平然と答える。

「竜星組……？」

「ああ。竜星組の組長は俺の親父だ。俺も普段はフロント企業の社長を名乗っているが、本業は竜星組の若頭だ」

確か若頭は組長の次に偉い立場にあり、その組の実質ナンバー二だったはず。

「ほ、本当に久我さんが……？」

にわかには信じられない。継母の恋人であるヤクザは、明らかに一般人とは違うオーラを纏《まと》っていた。ドスの利いた低い声でしゃべり、ガニ股で肩で風を切るように偉そうに歩く。黒岩は任侠映画でよく見るヤクザそのものだった。それと比べると、久我さんはまるで違う。

知的さが窺《うかが》える清潔感のある容姿と佇《たたず》まいは、大きな会社の御曹司と言われても納得できる。口調も落ち着いているし、声を荒らげているところなんてまったく想像できない。

私の中でのヤクザ像と彼を重ねることがどうしてもできなかった。

とはいえ、自分がとんでもない人と体の関係を結んでしまったことを知り、愕然とする。

しかも今、私は彼に結婚を迫られているのだ。彼と結婚したら、私は極道の妻……？

「ずいぶん驚いているな。やっぱりヤクザは嫌いか？」

彼に問われて、昨晩のことを思い出す。

あのとき、私は『たとえその人がヤクザであったとしても、人間的に良い人か悪い人かは、自分の目で見て決めます』と答えた。

その言葉にもちろん嘘はない。だけど、結婚となったら話はまた別だ。

任侠映画のワンシーン。組の若い衆に囲まれて「姐さん」と呼ばれる自分の姿が脳裏に浮かぶ。

「す、すみません。ちょっと今、頭の中が情報過多になりすぎて、なにも考えられません……！」

「だろうな。とりあえず、腹が減っているようだし、朝食にしよう」

何食わぬ顔でルームサービスを頼む久我さん。竜星組の若頭ということは、彼は次期組長候補なわけで……

ああ、ダメだ。頭の中が整理できない。

私はこの日、一夜をともにした相手がとんでもない人物であることを知り、寿命が縮む思いをしたのだった。

第三章　揺れる心

衝撃的な夜から五日が経った。

あの日、ふたりで朝食を食べているときに、このあとしたいことはあるかと尋ねられた私は、帰りたいと申し出た。彼から逃げるためではない。本当にやり残した仕事があったのだ。

久我さんは無理に私を引き止めるようなことはしなかった。家の傍のコンビニまで送ってもらいお礼を言う私に、彼は「次の火曜日は定休日だろう？　その日会おう」と告げて去っていった。

デートに誘われたのかと頭を悩ませていたものの、あれから一切連絡はない。

『俺の嫁になれ』という言葉は単なる冗談だったんだろうか。ホッとする一方で、複雑な気持ちになってしまう。

不思議なことに、私は彼が極道だと知って驚きこそしたものの、黒岩へ感じるような嫌悪感は一切抱かなかった。それどころか、毎日のように彼を思い浮かべてしまうくらいに意識している。

食事中は徹底して涼しい顔をして紳士的な振る舞いをしていたのに、部屋へ足を踏み入れた瞬間、まるでスイッチが入ったかのように男の顔を覗かせた。ベッドの中で、彼は巧みな愛撫で私を終始翻弄《ほんろう》し続け、体にも心にも強烈な印象を刻みつけられたのだ。

頭から彼の残像を振り払い、私は今日も仕事に精を出す。

土曜日の今日は、店内の一画を使い恒例の着付け教室を開催した。マネキンを使って着物の着方や帯の巻き方をレクチャーしていく、というものだ。誰でも無料で参加できる教室で、母が生きていたときから毎月続けている。

ＳＮＳで告知をすると、着物を着てお出掛けしたいという若い世代のお客様も増えた。呉服屋は一見《いちげん》さんお断りかもしれないと、敷居が高いと感じ、入ることを躊躇《ちゅうちょ》する人も多いと聞く。

だからこそ、一度店に足を運んでもらい、店の雰囲気を知ってもらうことから購買に繋《つな》げていけたらと考えていた。

「またのご来店お待ちしております」

着付け教室を終え、参加者を店の外まで送り丁寧に頭を下げる。全員を見送ってから店に戻ると、奥で秋穂ちゃんがマネキンの片付けをしてくれていた。指示を送る前に率先して動いてくれる彼女の働きぶりには本当に助けられている。

「萌音さん、お疲れ様です」

「お疲れ様。秋穂ちゃん、いつもありがとう」

「いえ！　こうやって働かせてもらえて、私本当に幸せなんです！」

練習用の帯を丁寧に畳む秋穂ちゃんの隣へ歩み寄り、私はおずおずと尋ねた。

「ねぇ、秋穂ちゃん。ちょっと変なこと聞いてもいい？　あっ、でも答えたくない場合はそう言ってもらっていいからね」

実は秋穂ちゃんに個人的な相談をするのは初めてだ。一緒に働いているとはいえ、なんとなくプライベートな質問は避けてきた。

もちろん、秋穂ちゃんはすごくいい子だ。年も近いし、できることならもっと仲良くなりたいけど、公私を分けなければと考えていた。でも、今は非常事態だ。

「変なことですか？　もちろんいいです。私で分かることなら、なんでも答えますよ」

笑みを浮かべる彼女に真剣な表情で尋ねる。

「じゃあ、お言葉に甘えて。秋穂ちゃんってお付き合いしてる人はいる？」

彼女は小さく首を横に振る。

「いません。でも、好きな人はいますよっ」

「そうなんだ。その人って、どんな人？」

「昔からずっと私の傍にいてくれた人なんです。かっこよくて、ちょっとだけ意地悪で、でも優しくて心配性で……。全部が大好きです」

好きな人を思い浮かべながら頬を赤らめる彼女を見て、私まで幸せな気持ちになる。

「その人に思いを伝えたりしないの？」

「うーん……色々事情があって、告白したら彼に迷惑をかけちゃうんです。だから、どうしても言えなくて。永遠の片思いだとしても、彼が幸せなら私はそれで十分幸せなんです」

「そうなんだ……」

なんていい子なんだろう。私が男性なら秋穂ちゃんにベタ惚れしているに違いない。彼女の健気な姿に胸がいっぱいになる。

感心するように頷く私に、秋穂ちゃんはぱっちりとした目を向けた。その瞳がキラッと輝く。

「こういう話題を振ってくるということは……萌音さん、お付き合いしている人がいるんですか？」

「あー……、ううん。ずっといないよ」

「そうなんですね！」

するとと秋穂ちゃんはなぜか声を弾ませて、嬉しそうな笑みを浮かべる。私に恋人がいないことを喜ぶのはなぜだろう……？

一夜をともにしただけの関係の人はいるんだけど……さすがにあの夜の話は生々しすぎるため、言うのをやめた。

「ちなみに萌音さんは好きな人とか、気になってる人はいるんですか？」

「気になってるっていうか……」

久我さんの存在を言おうかどうか悩んで言い淀む。でも、自《みず》ら秋穂ちゃんに恋愛話を振っておいて、自分だけ言わないのはフェアじゃない。

「実はね、その人……特殊な職業の男性なの」

「特殊な職業ってどんなお仕事ですか？」

「ええと、驚かないでほしいんだけどね」と前置きをしてから、話を続ける。

「ヤクザとか……」

瞬間、秋穂ちゃんの顔から笑顔が消え失せる。それどころか、とんでもないと言うように唇をワナワナと震わせた。

「あ、ありえないです！　極道の男とお付き合いするなんて！　萌音さんにその男は絶対に合いませんっ！」

珍しく感情的になった秋穂ちゃん。

「やっぱり、そうだよね……」

彼女は明らかな拒否反応を見せた。秋穂ちゃんなら「萌音さんが好きならいいと思います」と背中を押してくれるような気がしていたけど、現実はそう甘くはないらしい。

「萌音さん、そのヤクザとはどこで出会ったんですか？」

私はあの日のことをかい摘《つま》んで秋穂ちゃんに話した。

「実はその人にね、『俺の嫁になれ』って言われて、正直ちょっと嬉しかったの。こんな私を必要としてくれる人がいるんだって……。自分の存在を認められたみたいで」

「えっ!?　その男、会ったばかりの萌音さんに『嫁になれ』なんて言ったんですか？」

「えっと……まあ、うん。そんな感じかな」

実際にはホテルで体を重ねた翌日の出来事だけど、そこは省略する。

「それ、最初から萌音さんを狙うために、仕組まれてたってことはないですか？」

「どういう意味？」

「ひったくり犯とヤクザの男と祖母はグルかもしれませんよ」

「まさか！」

驚きの声を上げる私に、秋穂ちゃんは神妙そうな表情を浮かべる。

「だって、萌音さんってとびっきりの美人ですから。萌音さんに近付くために一芝居うったのかも？」

「ははっ、それはないんじゃないかな……」

「可能性はゼロではありません。だって萌音さん、女の私から見てもとっても魅力的ですから」

「ふふっ、ありがと。秋穂ちゃんにそう言ってもらえると嬉しい」

思いがけず褒められて微笑む。

「ちなみにその男性、どんな人なんですか？　見た目とか性格とか」

「正直に言うと、ヤクザには見えないかな。もうびっくりするぐらいの美形なの。でも、見た目だけじゃなくて、話し方や雰囲気も落ち着いていて」

「……なるほど。そんなヤクザもいるんですね」

意外そうに言う秋穂ちゃんに、私は微笑みながら続ける。

「酔ってたせいもあると思うんだけど、彼と一緒にいるとすごく心地よかったの」

「その男性には気を許せたんですか？」

「そう。だから、ヤクザだからとか……そういう理由で相手の人間性を判断するのは良くないなって思って」

「萌音さん……。もしかして、そのヤクザのことを好きになっちゃったんですか？」

秋穂ちゃんのストレートな質問に苦笑いを浮かべる。

「……どうだろ。自分でもまだよく分からないの。ただ、気になる存在ではあるかな」

「そうなんですね……」

「だけど、あれから連絡もないし、きっと本気で私に求婚したわけじゃないと思う。この年になって冗談を真に受けるなんて、ホント恋愛スキル低すぎるよね」

情けなさと恥ずかしさで、思わず自嘲気味に言ってしまう。

すると、それを否定するように秋穂ちゃんがブンブンと顔を横に振った。

「そんなことありません！　私こそ出すぎたことを言ってすみません。ただ、私は大好きな萌音さんに幸せになってほしいんです！」

「秋穂ちゃん……」

「常識もなくて大した仕事もできない私をこうやって雇って可愛がってくれて、萌音さんには感謝しかありません。なので、もし私にできることがあったら、いつでも言ってくださいね」

そう言って、秋穂ちゃんはニコリと笑う。

勇気を出して彼女に話して良かった。

「ありがとう。秋穂ちゃんも好きな人とうまくいくといいね。一緒に幸せを掴《つか》もうね！」

「はい！」

私と彼女は目を見合わせて微笑み合った。

そんな話をした二日後の月曜日。久我さんから突然電話が来た。

『明日の朝十時、家の近くのコンビニまで迎えに行く』

もう連絡は来ないだろうと思っていた私は心底驚いた。行くとも行かないとも答えていないのに、彼は『楽しみにしている』と手短に言って電話は切れた。

これは、私にとっていい機会かもしれない。この間はお酒に酔っていたし、冷静な判断を失っていた可能性がある。けれど、今回もう一度会うことで、彼に対する自分の気持ちに気付けるかもしれない。

そして当日。朝早くからお出掛けの準備に追われる。服装は昨日散々頭を悩ませて決めた。

ベージュ色のブラウスに濃いブラウンのマーメイドスカート、それにヒールの低いサンダルを合わせた淡色コーデ。差し色として、肩掛けの黒いバッグを選んだ。

着替えたあと、普段よりもキッチリとメイクを施《ほどこ》す。季節は夏。少しでも化粧崩れを少なくするためにキープミストは欠かせない。

さらに背中まである長い髪を緩《ゆる》く巻いて編み込み、ハーフアップにする。

「よしっ、完璧」

最後に、全身鏡を確認しておかしなところがないか入念にチェックをして、私はバッグを掴《つか》んで部屋を出た。

もうすぐ久我さんに会えるんだ。そう考えると緊張とドキドキが入り乱れて、なんだか胸が苦しくなる。

私は胸に手を当てて気持ちを落ち着かせてから、約束のコンビニを目指して歩き出した。

コンビニには約束通り、久我さんの車があった。

彼は近付く私の姿を見つけるなり、車から降りて助手席のドアを開けた。

「お待たせしてすみません」

冷房の効いた車に乗り込み、私は小さく頭を下げる。

車内のパネルの時計は、午前九時五十分と表示されている。彼を待たせないように約束時間より早く着くよう家を出たものの、先を越されていた。

「謝る必要はない。俺が早く来ていただけだ。今日萌音に会えると思ったら楽しみで、つい先走った」

さらりと甘いセリフを口にする久我さんにドキッとする。

「あのっ、今日は一日よろしくお願いします」

「そう固くなるな。楽しんでもらえるように努力する」

彼はそう言うと、ハンドルを握り車を走らせた。

「疲れているようだったら、寝ていても大丈夫だ。着いたら起こす」

「ありがとうございます」

なにかを話さなければいけないという気詰まりな雰囲気にはならず、沈黙があっても居心地は悪くなかった。私は窓の外の景色を眺めてドライブを楽しみ、穏やかな時間を過ごす。

向かった先は水族館だった。駐車場に着き車を降りると、ジリジリした容赦ない太陽の熱に肌を焼かれる。

「今日の萌音、前と雰囲気が違うな」

私の傍に歩み寄った久我さんが、ジッと私に視線を向ける。

「そうですか？」

「ああ。前の着物姿も良かったが、今日はさらに可愛い。髪型も似合っている」

彼の言葉はいつもストレートだ。毎回ドキドキさせられる。

「そ、それを言ったら久我さんのほうが素敵です」

初めて見た彼の私服姿はとても新鮮だった。スーツのときは綺麗に撫でつけている髪を今日は下ろしている。

グレージュのロングTシャツにネイビーのスラックスというシンプルな装《よそお》いにもかかわらず、手脚の長い彼が着るとモデルのように様《さま》になる。磨き上げられた黒い靴は、一目見ただけで高価なものだと分かった。ただ、ひとつだけ不思議な点がある。どうしてこの猛暑の中、長袖を着ているんだろう。

私が尋ねると、久我さんは苦笑いを浮かべた。

「刺青《いれずみ》を隠すためだ。夏場はどんなに暑くても長袖を着ると決めている。むやみに堅気《かたぎ》の人間を怖がらせたくない」

この間、久我さんはその道で生きる覚悟と信念をもって刺青《いれずみ》を入れたと言っていた。だから、人に見せびらかす必要がないということか。

かたや、継母の恋人である黒岩は、その刺青《いれずみ》を周りの人に見せつけて恐怖心を煽《あお》ろうとする。久我さんと黒岩は同じヤクザだけど、人間性はまったく違う。

「普段はスーツばかり着ているから、ここぞというときになにを着たらいいのか分からなくなる。正直に言うと、今日もずいぶん悩んだ」

「あははっ。それ、分かります。私もデートなんて久しぶりだから、なにを着て行こうかものすごく悩みました」

「……そうか。萌音はデートだと思って来てくれたんだな」

「え……？」

久我さんの言葉に顔がカッと熱くなる。確かに誘われたけど、彼の口から直接デートと言われたわけではない。独りよがりな発言をしてしまった気がして恥ずかしくなる。

「俺と会うために悩んでくれて嬉しい。お洒落《しゃれ》をしてきてくれてありがとう」

「……っ」

そんなことを言ってくれるなんて……。久我さんの言葉に、私の胸は喜びに震えた。

久我さんが事前予約をしてくれていたおかげで、スムーズに館内に入ることができた。今日は平日だけど、中は家族連れやカップルでそれなりに混雑していた。館内パンフレットを見ながら、順番に館内を回る。

「あ、クリオネだ。可愛い！」

「どれ？」

久我さんが腰を屈める。そうして背の高い彼は、水槽に釘付けになる私のほうにぐっと顔を近付けた。

心臓がトクンッと鳴る。彼の息遣いすら聞こえてきそうな距離にドキドキする。

「ああ、確かに。だが、可愛い姿のわりに意外と獰猛《どうもう》なんだな」

「えっ、そうなんですか？」

「成体になると肉食に変化すると、そこのプレートに書いてある」

「ホントだ。こんなに可愛いのに意外ですね。私、全然知りませんでした」

思わず笑みを浮かべて久我さんを見る。瞬間、至近距離で目が合ってまた心臓が跳ねた。

「ようやく笑ってくれたな」

彼はホッとしたようにわずかに表情を緩《ゆる》めた。

「そ、そうでしたっけ？」

意識していなかったけれど、緊張していたんだろうか。

「気にするな。他も見て回ろう」

「はい」

久我さんに促《うなが》されて私は大きく頷いた。

昼食は、館内にあるアクアリウムレストランで済ませた。こちらも久我さんが予約をしてくれていたおかげで、待つことなく食事にありつけた。店内には大型の水槽があり、魚や生き物を鑑賞しながら食べることができる。まるで海の中にいるような幻想的で特別な空間だ。

新鮮な海の幸をふんだんに使った料理はどれも美味《おい》しかった。特に、金目鯛やアサリを煮込んだイタリア料理のアクアパッツァは絶品で、自然と頬が緩《ゆる》んだ。

食事を終えたあとは、午後のイルカショーを揃って見る。

「わぁ……！　すごい！」

童心に返ったような気持ちでイルカたちに拍手を送る。

さらにイルカの可愛らしい姿を写真に収めようと、私はスマホを構えて奮闘した。ようやく満足のいく写真を撮り終えて隣に座る久我さんに笑顔を向ける。

「いい写真が撮れたので、あとで久我さんにも送りますね！」

けれど、イルカショーを見ているかと思っていた久我さんの視線は、なぜか真っすぐ私に向けられている。予想していなかった事態に驚くこちらの心境を知ってか知らずか、久我さんは穏やかな笑みを浮かべた。

「萌音はころころ表情が変わるな。見ていて飽きない」

「なっ……、私じゃなくて、イルカのショーを見てくださいよ」

いつから見られていたんだろう。恥ずかしさに声が上ずる。

「しょうがないだろう、萌音のほうが興味をそそるんだから。イルカの写真もいいが、萌音の写真のほうがいい。一緒に送ってくれ」

久我さんの言葉と同時に「それでは最後に、イルカから皆さまに感謝の気持ちをお送りします！」というアナウンスが響いた。

トレーナーがぱっと手を振り上げた瞬間、プールを旋回するように泳いでいたイルカが高くジャンプし、バシャンッと勢いよく着水する。跳ねた水が飛沫《しぶき》になって後方席にいた私たちにも容赦なく飛んでくる。

「キャッ！」

構える間もなく大量の水飛沫《みずしぶき》を浴びた私と久我さんは、ハッと目を見合わせる。ショーが始まる前に最前列は水がかかるという注意を受けていたけれど、後方席だからと油断していた。さすがの久我さんもこの状況は予想していなかったのか、髪から水を滴《したた》らせながら信じられないという表情を浮かべている。その顔がおかしくて、私は思わず噴き出した。

「ふふっ、久我さんびしょ濡れじゃないですか」

「それを言うなら、萌音もだろ」

クスクスと笑う私に、久我さんもつられて笑顔になった。

そのあとも、心行くまで水族館を満喫した私たちは、出口の傍にある土産《みやげ》店に向かう。

途中、フロアの奥にあるトイレに向かった久我さんと別れ、一足先にショップに向かった。いつもお仕事を頑張ってくれている秋穂ちゃんと弟にお土産《みやげ》を買うためだ。

選び終えてレジに行くと数人の客がいたので、その最後尾に並び、順番を待つ。

「チッ。遅ぇな」

列の前には屈強な体つきの中年男性がいた。タンクトップにハーフパンツ姿。両腕だけではなく、ふくらはぎにも大きなタトゥーがびっしり彫られている。男性は苛立《いらだ》ったように、ブツブツと独り言を繰り返す。

ようやく男性の順番が回ってきた。男性は商品を乱暴にレジ台に放り、クレジットカードを差し出す。

「カードで」

すると、二十代前半と思われる女性店員は申し訳なさそうに頭を下げた。

「申し訳ありません。本日、機械が故障しておりまして。現金のみのお支払いとなります」

「ハァ⁉　こんなに待たせておいて、ふざけんじゃねぇぞ！　いいからさっさと会計しろ！」

「ほ、本当に申し訳ありません。店内に貼り紙をしていたのですが……」

女性店員の言う通り、店内のいたる場所に現金のみの支払いになるという貼り紙があった。

「そんなのそっちの都合だろ⁉　俺には関係ねぇんだよ！　今すぐなんとかしろ！」

男に大声で恫喝《どうかつ》されて、店員の顔がみるみるうちに青ざめていく。

周りの空気がピリッと張りつめる。傍には大勢の客がいるけれど、男性のあまりの剣幕に誰ひとり動けずにいた。

「黙ってないでなんとか言え、コラァ‼」

男が大声を上げながらバンバンッとレジ台を手で叩く。

理不尽に怒鳴りつけられた恐怖と暴力行為によってだろう、女性は今にも泣き出しそうだ。

さらに、近くにいた小さな子供が顔を強張《こわば》らせて母親に抱きついた。

「あのっ、小さなお子さんもいるので、大きな音を出すのはやめてもらえませんか？」

私は意を決して男性に声をかけた。

「機械の故障も店員さんのせいではないので、責めないであげてください」

できるだけ丁重にお願いしたものの、振り返った男は目を吊り上げて「なんだ、テメェ！」と食って掛かりそうな勢いで怒鳴りつけてきた。

男の怒りの矛先が自分に向き、思わずビクッと体を震わせる。その直後、目の前に大きな影が立ち塞がった。

「俺の連れがなにか？」

現れた久我さんは至極冷静な口調で尋ねる。

「あぁ!? うるせぇな、関係ない奴は引っ込んでろ！」

男性が久我さんに悪態を吐く。

けれど、久我さんは一切動じない。レジの上の商品と男の手に握られているクレジットカードを見やり、瞬時に状況を察したようだ。

「この人の会計はいくらだ？」

久我さんは女性店員に穏やかな声で尋ねる。

「八百五十円です……」

「分かった。俺が払う。それならなんの問題もないだろう？」

久我さんは男を見下ろしながら言う。

その言葉が意外だったのか、男が一瞬怯《ひる》んだ。その様子を見ながら、久我さんは冷たい目で呟く。

「子供の小遣いほどの現金も持ち合わせていないなんて、恥ずかしいな」

「なっ……んだと、コラ!?　この野郎、舐めやがって……！」

男が激高する。今にも目の前の久我さんに殴りかかりそうな勢いだ。

「久我さん！」

たまらず私が叫ぶと、男は「久我……？」と呟き、久我さんの顔をまじまじと見つめた。

その瞬間、男の目の色が変わった。恐怖に顔を歪ませて、分厚い唇を小刻みに震わせて後ずさる。

すると久我さんが男に近付き、耳元でなにかを一言二言囁《ささや》いた。

「ひぃ……っ」

男の喉奥から小さな悲鳴が上がる。怯《おび》えた様子の男は顔を引きつらせながら、そそくさと現金で会計を済ませた。さらに久我さんに「すみませんでした」と深々と腰を折って謝罪する。

「おい、謝る相手を間違っていないか？」

「も、申し訳ありませんでした……」

男は店員と私に謝罪をして、逃げるように店を飛び出していった。

「さっきは本当にありがとうございました」

私の会計時、女性店員は涙目になりながら私と久我さんにお礼を言う。辺りにも安堵の空気が漂《ただよ》っていて、私はホッと胸を撫で下ろした。

「また久我さんに助けてもらっちゃいましたね。ありがとうございます」

駐車場に向かいながらお礼を言う私に、彼は複雑そうな表情を浮かべた。

「危ない真似はするなと前にも言っただろ？」

「すみません。だけど、どうしてもあのまま見て見ぬふりはできませんでした。客商売をしていると、時々理不尽な理由でお客様から怒鳴りつけられることがあって……。誰かに怒鳴りつけられるのは怖いし、慣れることはありません。だから、あの人の気持ちが痛いぐらいに分かったんです」

久我さんは黙って私の言葉を聞き、やれやれと息を吐く。

「萌音、おまえは強い女だな」

「それって、喜んでいいんでしょうか？」

「芯が通っていて凛《りん》とした強さがあるということだ。誰かが困っているとき、咄嗟《とっさ》に手を差し伸べるのは簡単なことじゃない。それができる萌音は立派だ」

「久我さん……」

「やっぱり萌音は俺が思った通りの人間だったと、今日改めて実感した」

私の存在を認めてくれるような彼の言葉に、胸の中がじんわりと温かくなる。

駐車場に停めた車のドアを開けると、涼しい風が吹き出してきた。エンジンを切っていたはずの車内はなぜかひんやりとしている。

「えっ、どうして？」

「暑いだろうと思って、事前にリモートでエアコンをかけておいた」

「な、なるほど……」

さすがは高級車。そんな機能があったのかと驚くと同時に、久我さんの細やかな気遣いに感心する。

今まで特定のお相手はいなかったって言っていたけど、やっぱり信じられない。容姿も抜群に良くてさらに女性の扱いも上手で丁寧。そんな彼を女性たちが放っておくはずがないのに……

そんなことを考えながら車に乗り込み、時間を確認する。時刻は十六時。このあと、どこかへ行く予定はあるんだろうか？

久我さんを見ると、彼は改まったように切り出した。

「まだ時間はあるか？」

「はい」

「じゃあ、ふたりきりでゆっくり過ごさないか？」

「えっ……？」

それって、この間の夜のような……？　彼のストレートな言葉にドキッとする。

もしかしたらそういうことになるかもしれないという予感はあった。実際、私たちはすでに体を重ねている。若い男女がデートをしたあと、体を繋《つな》げるという流れはよくあると聞く。

久我さんはハンドルを握り、アクセルを優しく踏み込んだ。すでに行き先を決めているみたいに迷いなく車を走らせる。それからしばらく経ち、車はある場所で止まった。

「ここですか？」

「そうだ」

彼のあとを追って足を踏み入れたのは、部屋から海を望める高級ヴィラだった。まるでバリ島のような開放感のある作り。広大な敷地に建つ平屋建ての客室に、思わず目をしばたたかせる。

あまりにも贅沢すぎるプライベート空間だった。

「ここならゆっくりふたりきりで過ごせるだろう？」

どうやら不純な考えを巡らせていたのは私だけで、久我さんは純粋に私とふたりきりの場所でゆっくりと過ごしたかったらしい。

「そ、そうですね！」

恥ずかしさやら虚しさやら情けなさやら、様々な感情が湧き上がる中、それを彼に悟られないように努めて明るく振る舞う。

ヴィラには、広大なプールやかけ流しの露天風呂まであった。さらに屋外リビングまであり、まるで違う国へやってきたみたいだ。

潮風の吹く中、私と彼はウッドデッキのサンベッドに脚を伸ばして座り、海を静かに眺めた。夕方になり幾分《いくぶん》暑さが和《やわ》らいだので、とても過ごしやすい。

サイドテーブルには、ヴィラのスタッフが用意してくれた、色鮮やかな果物入りのお洒落《しゃれ》なフルーツティーが置かれている。

寄せては引いていく波の音が鼓膜を心地よく揺らし、ぼんやりと非日常の世界に浸る。

呉服屋を継いでから、常に気を張って生きてきた。店を守ることが託された使命と責任であると考え、そのためには自分を犠牲にすることも厭《いと》わなかった。

父の死後、高校を卒業してから八年間、寝ているとき以外は四六時中店のことを考えて過ごした。定休日も出勤して営業電話を掛け、約束を取り付けることができれば休日返上で足を運ぶ。

呉服屋をともに支える立場の継母との関係性は悪く、ぶつかり合うことも多い。さらに継母は、彼氏の黒岩と結託してなにかを企《くわだ》てていた。

そんなとき、久我さんに出会ったのだ。今日一日、彼のおかげで仕事のことを考えずに心身ともにリフレッシュすることができた。仕事の重圧は思った以上だったようで、私は自分でも気付かぬうちにかなり疲弊していたらしい。

ホッとする一方で、わずかな焦燥感が胸に燻《くすぶ》る。

「どうした怖い顔をして」

ふいに声を掛けられ、私はサンベッドから脚を下ろして隣の久我さんに体を向けた。

「すみません、ちょっと仕事のことを考えてしまって……」

「働き者なのは良いことだが、たまには息抜きも必要だぞ」

「おっしゃる通りです。でも私まだ全然勉強不足で、時々不安になってしまうんです。特に経営については、もっと努力しないと……。売り上げも前年に比べて伸び悩んでいるし、それに――」

「萌音」

次々に心の不安を口にする私を見かねた久我さんが、優しい声色で名前を呼んだ。彼は立ち上がり、私のサンベッドに腰を下ろす。

「おまえはよく頑張っている。店の経営について困っていることがあるなら相談に乗るし、俺にできることならなんでもしよう。俺を頼ってくれ。いつでも力を貸す」

「久我さん……」

その言葉に心が打ち震えた。私の頑張りを認めてくれる彼の存在に救われると同時に、強烈に心が引き寄せられる。

「俺と一緒にいるときは、おまえを不安にさせたくない」

「……ありがとうございます」

久我さんはそっと私の頬に手を伸ばした。大きな彼の手のひらが私の頬に優しく触れる。

至近距離で視線が熱く絡み合い、鼓動が高まる。背筋が震えるほどの色艶《いろつや》のある顔に魅入られ、私は息をするのも忘れてしまう。

「おまえを抱きたい。その間だけは、なにもかも忘れさせてやる」

彼はぞくりとするような低い声で囁《ささや》いた。私は頬に触れる彼の手に、そっと自分の手のひらを重ね合わせた。

「本当に忘れさせてくれますか……？」

「約束する。不安を感じる間もないぐらい、夢中にさせてみせる」

「私も……あなたに抱かれたい」

必死に理性の殻に閉じ込めていた本心が零れ落ちる。今、この瞬間だけはすべてを忘れさせてほしい——

震える声で言うなり、彼はぐっと身を乗り出して私の唇を奪った。

「んっ」

荒々しく唇を押し付け、濡れた舌で私の唇をなぞる。久我さんは私が唇を開く前に、待ちきれないとばかりに閉じ合わさった口唇の間に舌をねじ込んだ。

舌の表裏を舐められ、思わず腰が引けそうになるのを、彼は見過ごさなかった。逃げ場を塞ぐように私の背中に腕を回してグッと強く抱きしめ、反対側の手で後頭部を抱え込む。

「んっ……ふっ……」

久我さんの舌は探るように歯列を辿ったあと、私の舌を捕らえ、ぬるぬると舐め回す。欲望のままに貪《むさぼ》るようなキスを繰り返され、官能的な震えが背中に走った。

彼は私の首筋にキスを落としながら、腰を大きな手のひらで摩《さす》る。

体の奥がじくじくと熱を帯びてくるような感覚に、たまらず彼の胸を両手で押した。

「どうした？」

「あのっ、一度シャワーを浴びてもいいですか？」

「……シャワーか。そうだな。浴びよう」

前回、その願いはすぐに却下されたけれど、今回は拍子抜けするほどすんなりと受け入れてくれた。

ホッとしたのもつかの間、久我さんは私の目の前でロンTとスラックスをあっという間に脱ぎ捨てた。ブランド物のボクサーパンツ姿になった彼を、私はまじまじと見つめる。

その背中には、色鮮やかな昇り龍の刺青《いれずみ》が彫られていた。背中だけでなく、胸元から肘の下まで、上半身には隙間なくびっしりと和柄の刺青《いれずみ》が入っている。

けれど、しなやかな筋肉のついた彫刻のような体つきのせいか、神秘的な美しさを感じてうっとりしてしまう。

「やはり抵抗を感じるか？」

唐突に聞かれて、私は慌てて首を横に振る。

「いえ、そうではなくて……この間は驚きすぎてよく見る余裕がなかったんですが、久我さんの刺青《いれずみ》、すごく綺麗だなと思って見惚れちゃいました」

「やめてくれ。褒められるのには慣れていない」

彼は苦笑いを浮かべて照れくさそうに言うと、私のブラウスに手を伸ばした。

「待ってください！　シャワーを浴びるはずじゃ？」

「もちろんそのつもりだ。すぐ目の前にシャワーも風呂もある」

「一緒に浴びるんですか？」

「そうだ。なにか問題があるか？」

してやられた。久我さんの思惑に気付いた私は目を白黒させる。

彼の言う通り、サンベッドから見える位置に大きな石造りの露天風呂とシャワーがあった。プールから出てすぐに体を温められるようにという配慮からか、屋根はあるものの壁には囲まれてない。

「問題っていうか……あんなところでシャワーを浴びたら、外から丸見えです！」

「安心しろ。ここはプライベートヴィラで、俺たちしかいない」

「でも、やっぱり恥ずかしいし……」

怖《お》じ気《け》づいたわけではないけれど、明るいところで裸を見せることに戸惑ってしまう。

「大丈夫だ。全部俺に任せろ」

そう言われて、あっという間に汗ばみ肌に張り付くブラウスとマーメイドスカートを脱がされる。

その後、彼は自分の下着を取り払うと、下着姿の私の背中と膝の裏に腕を差し込み、いとも簡単に抱き上げた。

「く、久我さん⁉」

お姫様抱っこのままシャワーのある場所まで運ばれ、ゆっくり体を下ろされる。

「綺麗だ。萌音によく似合っている。この下着も俺を喜ばせようとして着けてきてくれたのか？」

久我さんに言い当てられて、顔が急激に熱くなる。こういう展開になるかもしれないと、ふんだんにレースがあしらわれた淡いピンクベージュの下着を身に着けてきた。私のお気に入りの上下セットだ。

「脱がすのがもったいない」

「や、そんなに見ないで」

熱い視線と言葉に、羞恥心《しゅうちしん》を煽《あお》られる。

「あっ……」

久我さんは私の首筋に唇を這わせながら、手際良くブラのホックを外した。そして零れ落ちた乳房に視線を落とし、そこをジッと見つめる。

さらに腰をなぞりながら、じれったそうに私のショーツを下ろす。下着を濡れない場所へ移動させた途端、彼の目に欲情の熱がこもった。

蛇口をひねり、勢いよくシャワーが降り注ぐ中、久我さんは私の背中を壁に押し付け、性急に唇を奪う。

「んっ……あっ」

口腔内を犯されているみたいな荒々しいキスだった。私のすべてを奪おうとするように口中を探られ、体がぞくりと震える。貪《むさぼ》るように何度も角度を変え、彼は私の舌を搦め取った。

くちゅっと濡れた音がして、互いの口の端から銀糸が滴《したた》る。あまりにも激しいキスの雨に、頭の中がぼんやりとしてきた。

そんな私の様子に気付いているはずなのに、彼は攻めの手を緩《ゆる》めない。唇を塞いだまま、胸を揉みしだく。

「んんっ……！」

久我さんからもたらされる刺激にくぐもった声を漏らす。彼は唇を離してはぁと熱い息を吐き出し、ツンッと硬くなった頂《いただ》きを口に含んだ。

「あぁっ」

片方の胸を手で揉まれ、もう片方の胸を唇と舌で執拗に攻められる。唇ですっぽりと乳首を覆い、軽く吸い上げながら、尖った頂《いただ》きを扱《しご》くように舌で刺激された。

それだけで震えるほどの歓喜が全身を駆け巡る。

まだ太陽も沈んでいない、ほとんど外のようなこの場所で裸になり愛し合おうとしている。

もちろん、これまで屋外で淫《みだ》らなことをしたことなど一度もない。普段ならば絶対に味わえないその背徳感に興奮が高まる。

「ずいぶん感じているな？　萌音は外でするのが好きなのか？」

「ちがっ……」

羞恥《しゅうち》と快感が混ざり合い、理性が失われていく。まだ胸を弄られているだけなのに、下腹の奥底がじわじわと甘ったるく疼《うず》き出す。たまらず腰をうねらせる私に気付き、彼がふっと艶《つや》のある笑みを浮かべた。

「どうした？　もう胸だけじゃ満足できずに、下を触ってほしくなったのか？」

「やっ……だめ」

「言うんだ。今日だけは理性を捨てて、快感に身を委《ゆだ》ねろ」

「ああっ！」

彼がピンク色の蕾《つぼみ》を指で弾く。瞬間、脳に快感が突き抜け、甲高い嬌声を上げて仰《の》け反った。

ハァハァと肩で呼吸をしながら潤んだ瞳で彼を見上げる。これ以上、彼に抗うことはできなかった。

「……お願い……触って……ほしいの」

「いい子だ、それでいい」

彼は割れ目を指でなぞって蜜を掬《すく》い上げ、すでに蕩けているぬかるみにぐっと中指を差し入れた。

「んっ、ああっ」

くぷっと指を呑み込む音がしたあと、ゆっくり私の中を進む。

「萌音のナカ、俺の指を締め付けて絡みついてくる」

久我さんはそう言うと、淫靡《いんび》に笑う。

そして一番奥まで来ると、指の腹で肉襞を押し擦《こす》った。

「あぁ……っ……ああっん……っ」

シャワーの水音とともにくちゅくちゅという淫《みだ》らな音が響き、私は耐えきれずに喘ぎ声を漏らす。

強すぎる快感を得たことで、自然と涙が込み上げる。彼の手で、自分でも知らなかった女の部分を強制的に引きずり出されるみたいな感覚がした。

「萌音はここが好きなんだったな？」

「あっ、ああ!!」

彼はざらつく膣壁の一部を指でトントンッと優しく叩いた。

強烈な快感に腰が跳ね、太ももが小刻みに痙攣《けいれん》する。

腹部に快感が溜まっていくような感覚と同時に、脚がガクガクと震え始める。

「やっ、やだ！　怖い……！」

「大丈夫だ。怖いなら俺にしがみつけ。全部受け止める」

「あっ、ああっ……やっ、ああっ！」

彼の筋肉質な前腕にぐっと力がこもり、中をかき乱す動きが激しくなった。蜜壺の中で指をかぎ状に折り曲げられて揺さぶられ、なにかが溢れ出しそうになる。

それはどこか尿意に似ていた。強烈な快感が電流のように脳に突き抜け、蜜壺内が熱くうねる。

「久我さ……ん、あぁぁあ！」

初めての感覚に叫び、縋《すが》るように久我さんに抱きついた。彼は反対の手で私の腰を力強く支えてくれる。

「あんっ……も、ダメッ……出る……なんかっ、出ちゃっ……ああっ！」

出し入れする指の動きがよりいっそう速まり、私は甲高い声を上げ続ける。

瞬間、腹の底が熱くなり、私は「あああっ！」と絶叫して腰を跳ねさせた。

久我さんが指を引き抜くなり、蜜口から勢いよく熱いなにかがピュッピュッと迸《ほとばし》った。

「なに……これ……」

息も絶え絶えになり、力なく彼にもたれかかりながら放心状態で呟く。

「潮を吹いたのは初めてか？」

「えっ、潮……？　そんなの初めて……っ」

「俺が初めて？　……そうか」

彼は小さく笑い、恥ずかしさに身悶えている私をそっと抱きしめた。ふいに腹部に硬く熱いものが触れた、私が視線を落とすと、それは興奮しきった男性の象徴だった。

大きく反り返った猛々《たけだけ》しい欲望に気圧《けお》され、ごくりと唾を呑み込む。

「俺ももう限界だ。早くおまえの中に入りたい」

彼は興奮を隠すことなく、ふぅふぅと荒い呼吸を繰り返す。片脚を持ち上げられ、彼の雄芯がぐぐっと私に押し入ってくる。

「あっ……あああ！」

圧倒的な質量に切なく喘ぐ。久我さんは一気に貫くことはせず、浅い部分を行き来させて徐々に馴染ませてくれた。どんなに興奮して昂《たかぶ》っていようが、自分の欲求を一方的に私にぶつけたりはしない。

彼は浅めの挿入を繰り返しながら、情熱的なキスの雨を降らせる。やがてトロトロで蜜に溢れた秘部が彼を求め始めた。

「んっ……ふぅ……っ」

下半身が切なく疼《うず》く。彼の雄々しい剛直で、今すぐ私を乱暴に貫いてほしい。

快感を求めて自《みずか》ら腰を振りそうになるのをグッと堪《こら》えて、彼の首に抱きつく。

「久我さん……っ、私……もう……っ」

「そろそろ焦れてきたか？」

「……っはい。久我さんが欲しいです」

次の瞬間、雄茎で最奥まで一気に貫かれた。

「あっ、ああ！　そんなっ……激しい……」

ゴンゴンッと子宮口を亀頭で激しく突かれ、悦楽に涙が浮かび視界が歪む。

同時にさらなる快感を期待するかのように、蜜で溢れた隘路は大きくうねって悦をねだる。

容赦なく腰を打ち付けられる度、ぐちゅぐちゅっと中に溜まった蜜が掻き出されて卑猥な音が漏れる。

「ああんっ、そこ……気持ちいい……っ！」

いつもなら恥ずかしくて口にできない言葉が溢れ出る。

理性は完全に吹き飛び、脳が蕩けてしまいそうなほどの快感が全身を支配する。

「まだ足りない。もっと俺を感じてくれ」

久我さんは腰の動きは止めないまま、グッと私に体を近付けた。彼の肌と胸の頂《いただ》きが擦《こす》れ合い、たまらなく気持ちいい。

私は彼に抱きつく腕に力を込めて、胸を押し当ててさらなる快感を貪《むさぼ》る。

「自分から胸を押し当てるなんて、ずいぶん可愛いことをしてくれるな」

「あっ、んんっ……だって……」

「責めているわけじゃない。もっと淫《みだ》らな萌音の姿を見せてくれ」

そう言うと、久我さんは全身を使って攻め始め、容赦なく私を愉悦の渦へ突き落とす。

私はギュッと目を瞑《つぶ》り、甘美な刺激を享受した。

「萌音、俺を見ろ」

視線を合わせると、彼は獣《けもの》のような鋭い目を向けた。

「おまえを悦《よろこ》ばせるのは俺だけだ。誰に抱かれているか、記憶に刻み込むんだ。いいな？」

独占欲を剥《む》き出しにした彼は、いっそう激しく腰を律動させる。

疼《うず》く内壁の中で屹立が脈動する。

「あっ、ああ！　私……もう……ダメッ」

角度を付けて最奥を抉《えぐ》られ、私は限界を訴えた。

中を蹂躙《じゅうりん》する屹立をきつく締め上げると、久我さんの体がピクリと震えた。彼自身がひと際熱を帯びたのがハッキリと分かる。

「も、イっちゃ……あぁぁああ‼」

「くっ……」

弾けるような絶頂へと上り詰めた瞬間、滾《たぎ》った肉棒がずるりと引き抜かれた。間髪を容れずに床に放たれた白濁の粘液は、あっという間に排水溝へ流れ落ちていく。

ハァハァと肩で息をして乱れた呼吸を整えていると、まだギラギラとした目をした久我さんが囁《ささや》いた。

「萌音、おまえが愛おしい」

彼は持ち上げていた私の脚から手を離し、代わりにふわりと優しく抱きしめた。

いつの間にか辺りは暗くなり、空には満天の星が煌《きら》めいている。

久我さんはぐったりして今にも倒れそうな私の体を抱き上げ、お湯の張られたジェットバスへ連れていってくれた。

脚を伸ばしても余裕のある広々とした浴槽は薔薇《ばら》の花びらで満たされ、甘い香りが鼻孔をくすぐる。

「はぁ……、気持ちいい」

「俺とのセックスよりか？」

思わず心の声を漏らした私に、隣にいる久我さんが面白そうに尋ねた。

「そ、それとこれとは別物です」

先程の熱がぶり返しそうになり、口をモゴモゴさせつつも答える。

「あの、久我さん」

「なんだ」

「今日はありがとうございました。水族館はもちろんですが、こんな素敵な場所に連れてきてもらえるなんて」

「礼なんていらない。俺が萌音を喜ばせたくてしたことだ。これからも、おまえが望むことなら俺はなんでもする」

彼はジェットバスの中で私を自分の傍に引き寄せた。さらに、自身の脚の間に私を導き、後ろから抱きしめる。

「俺とのこと、よく考えてくれ」

「久我さん……」

「おまえが愛おしい。こんな気持ちになるのは生まれて初めてだ」

耳朶《じだ》をくすぐるように甘く囁《ささや》き、久我さんは私の首筋にチュッとキスを落とす。

その熱い想いに触れ、感情を揺さぶられる。私もまた、彼と同じ気持ちだった。

体を重ねた情があるから惹かれたのではない。彼と過ごす時間に幸せと喜びを感じたのだ。

この人の傍にいたい。もっと彼を知り、彼にも私という人間を知ってほしい。今すぐ彼の想いを受け止めてしまいたい。――けれど、自分の感情を優先することはできない。

久我さんは……極道だ。付き合うことになれば、呉服屋の経営に支障をきたす可能性がある。私には、店を守る義務がある。

だから――

「……ごめんなさい。私は……久我さんの想いには応えられません」

私は俯《うつむ》きながら小さな声で言った。

「それは、俺が極道だからだな？」

久我さんの確信めいた言葉に胸が痛む。なんて言ったらいいか分からず、頭の中で必死に言葉を選ぶが、うまく形にならない。

後ろから抱きすくめられているせいで、彼がどんな顔をしているのかは分からない。

一日一緒に過ごしたことで、久我さんに対する自分の想いに気付かされた。これ以上深入りすれば、ますます彼から離れられなくなる。関係を断ち切るなら今しかない。

久我さんは私の気持ちをすべて分かっているかのような口調で、言葉を続ける。

「俺を受け入れるのが簡単なことではないのは理解している。だが、俺はおまえと一緒にいたい。それだけは分かってくれ」

「久我さんの気持ちは伝わりました。それでも私は――」

「もう一度時間をかけて考えてほしい。返事は改めて聞かせてくれ」

その声があまりにも切実で、私は仕方なく頷いた。

彼を選ぶか、店を選ぶか。天秤にかけなければならない残酷な状況に胸が張り裂けそうになる。目頭が熱くなって鼻の奥がツンと痛む。

込み上げてきた切なさを、私はグッと奥歯を噛みしめて必死に堪《こら》えた。


デートから一週間。私は久我さんとの未来を改めて真剣に考えた。久我さんと一緒にいる時間は幸せで楽しくて、その分ひとりになるとどうしようもない喪失感に襲われた。この先も関係を続ければ、きっと私は久我さんから離れることができなくなる。悩みに悩んだ末、私はある結論に辿り着いた。

私は店を守る。そのためにも、彼とはもう会わない。もし彼から連絡が来たら、もう一度ハッキリと気持ちを伝える。そう思っていたものの、彼からの連絡は一向になかった。

こちらから連絡をしなければ、私たちの関係はこのまま終わるのかもしれない。

ちなみに、水族館で買ったお土産《みやげ》の魚形のクッキーを渡すと、秋穂ちゃんはすごく喜んでくれた。誰と一緒に行ったのか聞かれなくて正直助かった。今はまだ他の人に彼のことを話せる状態ではないから。

この日の夕方、秋穂ちゃんが上がると、店内には私ひとりだけになった。継母は今日も店を私に任せたっきり姿を見せていない。店のことなどほとんどなにもしないのに、そのくせ売り上げ金のチェックだけは欠かさないから嫌になる。

閉店の十八時が間際に迫り、片付けをしていると店の自動ドアが開いた。

五十代ほどのスキンヘッドの男の後ろに、まだ二十歳そこそこの若い女性が続く。その男には見覚えがあった。黒岩の舎弟である、竹政組の下っ端ヤクザだ。

継母が黒岩と付き合い始めてから、竹政組の下っ端ヤクザたちも度々この店を訪れるようになった。彼らは、高級クラブの女性に着物をプレゼントするのを生きがいとしているらしい。

小賢しくも事前に店を訪れ、女性が安い着物を選ぶように上手く誘導しろと命令してきた。

そんなことはできないと突っぱねると、『んだと、こらっ！』と店のショーウインドウを小指の欠損した手のひらで激しく叩いて恫喝《どうかつ》する。

そのとき、その様子を眺めていた黒岩が私に詰め寄ってきた。

『姉ちゃん、俺らは客だぞ？　なにもタダにしろって言ってんじゃねぇんだ。安い着物を勧めるぐらいのこと、できんだろ？』

押し黙ると私が納得したと思ったのか、黒岩は『頼んだぞ』と満足げに言って私の肩を叩いた。

「いらっしゃいませ」

先日のことを思い出しながら私は丁寧に頭を下げて、初対面を装《よそお》い下っ端ヤクザに近付く。

この男はクラブに新人が入ると、着物を買い与えて女性の気を引こうとするらしい。どうせ「着物を買ってやるのは、お前だけだ」と甘い言葉で誘い出しているに違いない。

毎度のことだが、それを女性に悟られてはならない。知られれば彼女に不快な思いをさせてしまう。

もちろん、ヤクザに従うわけではない。私はただ、目の前のお客様により良い買い物をしてもらえるように提案するだけだ。

「わぁ～、超可愛いんだけど！」

体のラインに沿うタイトなワインレッドのミニワンピース姿の女性。深いVネックからは豊満な胸の谷間が露《あらわ》になっていて、同性の私ですら目のやり場に困ってしまう。

彼女のあとを追うように歩くヤクザは、長くスラリとした脚を舐めるようにいやらしい目で見つめている。その下心は駄々漏れだった。

「どれでも好きなのを買ってやるぞ」

「ホント～？　嬉しい！　ねぇ、ケンちゃん。これ、可愛くない？」

十センチほどのピンヒールをカツカツと踏み鳴らして、女性は店の奥にある着物の前で立ち止まる。

「これ、ヤバい！　店でも絶対目立つよね？」

彼女が指差した先にあるのは、手描きの一点物の訪問着だった。その値段は二百万円をゆうに超える。お目が高いと、私は心の中で拍手を送る。

「ケンちゃん、あたしこれがいい～！」

すると、下っ端ヤクザことケンちゃんは値段を確認することなく、「こういうのはプロと話し合って決めたほうがいい」ととってつけたような理由で私にキラーパスを寄越してきた。

内心呆れながらも私は仕方なくふたりの間に割って入り、商品の説明をする。

「失礼します。先程のお着物も素敵ですが、最近若い方に人気なのはこちらです」

先程の着物は確かに高級品で目立つ。けれど、彫の深い女性の顔とこの着物の色合いは不釣り合いに思えた。

その代わりに、女性に似合いそうな着物を数着ピックアップして提案する。けれど、女性は先程の着物がどうしても気になるのか上の空だ。

それに気付いた男は、「なんとかしろ！」とばかりに、私を鋭い目で睨む。ヤクザに睨まれたからといって、お客様に似合いもしない着物を提案するわけにはいかない。私には私の信念がある。

「それでは、こちらはいかがでしょうか？　お客様は目鼻立ちがハッキリしていてとてもお綺麗なので、よりお似合いになるかと」

「これかぁ。確かにあたしに似合いそう！」

桜柄の地紋に、裾に向かって赤紫のグラデーションの入った訪問着。裾全体には斜めに絞り柄の八重桜が描かれている。ようやく女性が気に入る着物を提案できた。ホッと胸を撫で下ろす私の腕を、男が肘で突く。

「予算オーバーだ。前の子と同じ価格帯のものを勧めろ」

私はギョッとして目を見開いた。確かに以前男が連れてきた女性には、もう少しリーズナブルな着物をプレゼントしていた。あのときはその着物を本人が気に入ってくれたから良かったけれど、今日の女性は拒んでいる。

私は無理だと言うように、顔を顰《しか》めて首を横に振る。

「うーん、やっぱり最初に見たのが一番いいかな。ケンちゃん、どれでもいいって言ってたし、買ってくれるよねっ？」

遠慮という言葉を知らない女性に、男がほんのわずかな苛立《いらだ》ちを見せた。

「……いや、もう少し考えたらどうだ？　前もここまで高いのは買ってねぇぞ」

その言葉に、女性の目の下がぴくっと反応する。

「は？　前もって、なに？」

浅はかにも墓穴を掘った男の発言を見逃さず、女性が噛みつく。

「ケンちゃん、いつも女の子に着物買ってあげてんの？　あたしだけって言ってなかったっけ？」

「それは、言葉のあやだろう。別に深い意味はないんだ」

「なんか変だと思ったんだよね。高い着物買ってほしいはずなのに、このお姉さんも安いほうばっかり勧めてくるし。ふたりってグル!?　そういえば、この間あたしの大っ嫌いな腹黒女のリカが着物着てきたんだよね。もしかして、あの女にもプレゼントしたの!?　ケンちゃん、そうなんでしょ!?」

「お客様！　それは誤解です。私は、誠心誠意お客様に合ったお着物を提案させていただきました」

私が声を上げると同時に、男が私の肩を弾くように手のひらで押した。

「テメェ、いい加減なもの勧めやがったな!?」

言い逃れることが無理だと判断した男は、女性の怒りの矛先を自分から私に逸らす作戦に切り替えた。私を悪者に仕立てあげようとしたのだ。

「どうしてくれんだ！　おぉ⁉」

逃げ場のない店内で男に恫喝《どうかつ》されて、自然と体が震える。

「なんとか言わんか、こらぁ‼」

「ケ、ケンちゃん！　ちょっとやめなよ……！」

男のあまりの剣幕に慌てた女性がなだめようとした瞬間、再び肩を勢いよく押された。ぐらりと体が揺れる。

後方に倒れ込みそうになったとき、グッと背中をなにかに支えられた。そして「なにしてんだ」という低い声が鼓膜を震わせる。

驚いて声のするほうを見上げると、そこにいたのはスーツ姿の久我さんだった。

「なっ……。久我……さん？」

突然のことに思考がフリーズする。どうして彼がここにいるんだろう？

「……ケガは？」

「大丈夫です」

私の無事を確認した久我さんは、男を威嚇《いかく》するように見下ろした。

冷ややかなその目はゾッとするほど恐ろしい。

「お前、誰の女に手を出したか分かっているのか」

「……んだテメェ、コラァ！　俺がどこのもんか知ってんのか⁉　俺はな、竹政組の――」

言い終わる前に、久我さんはなんの躊躇《ちゅうちょ》もなく男の鼻面に右の拳を叩き込んだ。男が後方に吹っ飛び、激しく尻もちをつく。男の鼻は無残にも曲がり、溢れた鮮血が床にポタポタと落ちた。

「ぐっ……」

久我さんは呻《うめ》く男の前までゆっくりと歩み寄り、しゃがんで同じ目線になる。

「弱い犬ほどよく吠えるな。さっきの威勢はどこ行った？　おい、悔しかったらやり返してみろ」

久我さんは残酷なまでの笑みを浮かべながら、戦意を喪失した男の頬に何度も平手打ちを食らわせる。

パチンパチンッと男の頬を弾く音が店内に響く。私はその場に立ち尽くすことしかできない。

一方的にやられっぱなしになっていた男が、悔しそうに奥歯を噛みしめて立ち上がろうとする。けれど、久我さんの一撃は相当な威力だったようだ。床に手を付き必死に体を持ち上げるが、生まれたての小鹿のようにブルブルと脚が震えている。

「もし、またこの店に顔を出してみろ。今度こそ地獄を見せてやる」

久我さんは淡々とした口調で吐き捨てると、男のTシャツに手をかけて無理やり脱がせた。だらしなくたるんだ男の体が露《あらわ》になる。下っ端といえどやはりヤクザ、刺青《いれずみ》が入っていた。

久我さんは男のTシャツを床に放り投げ、革靴で踏みつけて床に落ちた血を拭く。

「お前……竜星組の若頭か？」

久我さんの顔をまじまじと見つめて男が尋ねる。

すると、連れの女性が男の声にいち早く反応した。

「えっ、久我って……もしかして、あの噂の竜星組の若頭!?」

女性は久我さんをうっとりした目で見つめる。

「クラブの女の子たちが噂してて、超イケメンだって聞いてたけど、本当だ……！　やばっ、会えて嬉しいです!!」

女性は黄色い声を上げて興奮気味に騒ぐ。

「良かったら連絡先教えてもらえませんかぁ？」

「黙れ」

「えっ……」

久我さんは女性を一切相手にしないどころか、冷たく突き放す。こんな彼の姿を、私はこれまで知らなかった。

女性はといえば、久我さんのあまりの剣幕にたじろぎ、顔を引きつらせて固まっている。

「拾え」

久我さんは、男に血を拭きとったTシャツを拾うように命令した。

そしてTシャツを拾いなんとか立ち上がった男の背中を蹴り上げ、店の外に追い出す。男のあとを追うように、女性も外に出た。

「クソッ！　女の前だからって調子に乗ってこんなことして、ただで済むと思うなよ……！」

男はギリギリと奥歯を噛みしめ、憎々しげに久我さんを睨み付ける。

それでも彼はまったく動じず、相手を挑発するように薄《うっす》ら口元を歪ませた。

「ああ、ちょうどいい。お前から上の者に伝えろ。戦争する気なら、いつでも相手をしてやると」

「そっちからケンカ売ってきたんだからな。覚悟してろよ！」

負け惜しみの言葉を吐き、男は女性に支えられながら大通りをヨタヨタと歩いていく。

店の入り口からその後ろ姿を見送ったあと、中に戻ると、「萌音」と名前を呼ばれた。

恐る恐る久我さんのほうへ顔を向ける。彼がヤクザだということは知っているし、体一面に彫り込まれた刺青《いれずみ》も見た。それでもどこか現実味がなかった。私といるとき、彼はその片鱗をおくびにも出さなかったから。

「大丈夫か？　本当にケガはしていないか？」

先程までの冷酷な笑みはすっかり消え失せ、私の知っている久我さんに戻っている。

私の体を一通り確認したあと、心配するように顔を覗き込んできた彼と至近距離で目が合ってドキッとする。

再び会えた喜びに胸が打ち震える。けれど、彼と離れると決めたのだから揺らいではいけない。

私は感情を押し殺して頭を下げた。

「助けていただきありがとうございます」

そう言った瞬間、突然腰をグイッと引き寄せられた。互いの体がぴったりとくっつく。

「く、久我さん……？」

「おまえが無事で本当に良かった」

唐突な展開に呆然としている私の体を、久我さんはギュッと大切そうに抱きしめる。

逞《たくま》しい腕に包み込まれて、心臓が早鐘を打つ。

ど、どうしたらいいの……？

しばらくして、久我さんは直立不動のまま立ちすくむ私からそっと手を離した。向かい合って私をジッと見つめたあと、左手の腕時計に視線を落とす。

「閉店時間はとっくに過ぎているようだな。もう店は閉めるのか？」

「は、はい」

「そうか。このあと、一緒に飯でも食おう。急ぐ必要はないから、ゆっくり出てきてくれ」

「えっ、ちょっ！」

「店の前に車を回して待っている」

行くとも行かないとも答えていないのに、久我さんは有無を言わさぬ口調で言って、店を出て行った。


「……お待たせしました」

店の前でハザードランプをつけて停まっていた白い高級車の助手席に、私はおずおずと乗り込む。

ひとつに束ねていた胸下まである長い髪を下ろし、Tシャツに細身のデニムパンツというシンプルな出で立ちの私を、久我さんがまじまじと見つめる。

「ラフな格好も似合うんだな」

彼が褒めてくれたけど、私はあえてそれに反応せず別のことを尋ねる。

「ひとつ聞いてもいいですか？」

「ああ」

「あの日からずっと連絡をくれませんでしたよね？　それなのに、どうして急にお店に？」

水族館デートの日から今日まで、彼からはなんの音沙汰もなかった。

それなのに突然なんの連絡もなく店に姿を現したのだ。なにか理由があるに違いない。

すると、彼は意外そうな表情を浮かべた。

「連絡しても良かったのか？」

「それ、どういう意味ですか？」

「考えてほしいと言っただろう。だから、連絡を取らずに我慢していた」

「へ？」

「気持ちの整理がついたらそっちから連絡をくれると思って、待っていたんだ。だが、どうしても萌音を一目見たくてな。本当は今日も店の外から萌音の姿を見て帰るつもりだったんだ」

予想もしていなかった久我さんの話に私は固まってしまう。

「今日もって……もしかして何度か店に？」

「ああ。ガラス張りだから外からよく見えるしな」

「なっ……！」

気付かぬうちに、彼に見られていたなんて恥ずかしい。

「もしかして、それで助けに来てくれたんですか？」

「そうだ。閉店時間が過ぎているのに、店内に柄の悪い男がいたのが気になってな」

なるほど、そういうことだったのか。タイミング良く久我さんが現れた理由が明らかになり、腑に落ちた。

「それで、俺からの連絡を待っていてくれたのか？」

「そのことなんですが――」

「寂しくさせて悪かった。これからはまめに連絡を入れる」

タイミングを見計らって話を切り出そうとしたものの、久我さんの言葉で遮《さえぎ》られた。

私を思いやる彼の言葉に胸が苦しくなる。これから、私は彼に残酷な決断を告げるのだ。

「腹が減っただろう。なにか食べたいものはあるか？」

「久我さん、その前に私の話を聞いてください」

「話なら食事をしながら聞こう。イタリアンでもフレンチでも、食べたいものを言ってくれ」

「ま、待ってください！」

「服装のことが心配か？　安心してくれ。途中でブティックに寄ってドレスや靴、バッグまで一式揃えれば済む。それでも心配なら、近くの馴染みの美容院に連絡してヘアメイクも頼めるぞ」

極道の若頭の財力にめまいを起こしそうになる。さらに、相手の求めることを瞬時に察する能力を持つ久我さんが恐ろしい。

けれど、私が気にしていることはそれだけじゃない。

「久我さん、ごめんなさい……」

私は膝の上で拳をグッときつく握りしめた。

私は久我さんに惹かれているし、できることならこれから先も彼と一緒にいたい。

でも、彼は竜星組のヤクザだ。普通のお付き合いをすることはできない。それどころか、彼と関われば父から受け継いだ呉服屋の評判にも影響が出る。ヤクザと付き合いがあるという噂でも流れれば、店の存続すらも危うくなるだろう。

さらに、いつかは継母の恋人である竹政組の黒岩との接点も生まれるだろう。彼の話から察するに、竜星組と竹政組は敵対関係にある。私が彼と一緒にいれば抗争の火種になる可能性は高まる。

そんな懸念をしていた矢先、まさに恐れていたことが現実になった。殴られた男は彼を竜星組の若頭だと認識していた。もし、ふたつの組の間で一触即発の事態が起き、店を巻き込んで騒ぎになったりしたら……

「どうして急に謝るんだ」

久我さんが怪訝そうに尋ねる。

これ以上、久我さんとの関係を続けるべきではない。店を守るために距離を置くべきだ。

もちろん、彼は黒岩たちのような下衆な人間ではない。けれど、彼を受け入れ、その上で店を守る力が私にはなかった。

「分かった。どこかで食事をするのはやめて、俺が萌音の家で飯を作ろう」

「え？」

突然の展開に、私は目を白黒させた。

聞き間違いだろうか、私の家で久我さんが料理をするだなんて……

「料理はそれなりに得意だから安心しろ」

「そんなの無理です！　うちは散らかってますし、そもそも料理ができるほどの食材は揃っていませんし、それに……」

混乱しながらも、私はなんとか理由をつけて断ろうと試みる。

だけど、久我さんは簡単に折れなかった。

「問題ない。あるものでなんとかする。家の場所を教えてくれ」

「あのっ、私もう久我さんとは会わな――」

「場所は？　言わないなら、このまま俺の家まで連れていくが、それでもいいか？」

「わ、私を脅すんですか？」

「脅してではない。だが、おまえの出方次第ではそうなるかもしれないな。どうする？」

彼は胸の前で腕を組み、試すような目を向ける。このままでは本当に彼の家に連れていかれかねない。すでに私は彼の車に乗り込んでしまっているし、今、彼の要求を呑まないほうが大変なことになる気がする。

「分かりました……」

観念した私は自宅の場所を伝えた。彼は満足げにハンドルを握り、ゆっくりとアクセルペダルを踏み込んだ。

「おまえは今日も可愛いな」

車が信号待ちの列で止まると、久我さんはちらりと横目に私を見て、独り言のように呟く。私を褒めて喜ばせようという意図は感じられない。「今日は暑いな」くらいの感覚なのだろう。

髪を指で梳かすふりをして照れを隠し、彼とは反対側の窓ガラスのほうへ顔を向ける。

そのとき、バッグの中のスマホが鳴り出した。取り出すと、画面には『尚』と表示されている。

「電話か？　気にせず出てくれ」

「ありがとうございます」

気遣いに感謝してスマホを耳に当てると、『萌音？』と低い声が耳に届いた。

尚は私のひとつ年下の弟だ。といっても、血は繋《つな》がっていない。父と継母が再婚した際に、継母に連れられてきたのが尚だった。一緒に暮らし始めたときは、私が小学校二年生で、尚は一年生。異性だし、最初はなんとなく距離を置いて過ごしていたけど、継母が呉服屋の手伝いに出るようになってから、家で尚とふたりでいる機会が多くなった。

継母に酷い扱いを受けたときも、尚は継母を諌《いさ》め、いつでも私の味方でいてくれた。

そんな尚が大学を卒業して社会人になり『俺、母さんとは縁を切ったから』と告げたときは、心底驚いた。

少し不器用だけど、素直で真っすぐな性格の尚。いつからか、私を本当の姉のように慕ってくれるようになった。尚の母親である継母と私の関係は悪いけど、尚のことは今も実の弟のように大切に思っている。

『もう仕事終わった？』

「うん。尚は？」

電話越しの尚の姿を想像するだけで自然と笑みが漏れる。

『終わった。でさ、これから萌音のアパート行ってもいい？　出張先で買ったお土産《みやげ》を渡したいんだ。そのあと、一緒に夕飯でもどう？』

有名大学を卒業後、大手の不動産会社に就職した尚は、こうやって頻繁に連絡をくれる。

大人になった今も優しくて姉思いの尚は、自慢の弟だ。

「私も尚に渡したいお土産《みやげ》があるの。でも、ごめんね。今日は無理なんだ」

『もしかして、誰かと会うの？』

「うん、ちょっとね」

言い淀む。まさかその相手が隣にいると弟に言うのは照れくさい。

『……まさか、男じゃないよね？』

わずかな間のあと、尚が尋ねた。

「なにを気にしているのよ。今日の埋め合わせはちゃんとするから。またね」

男性と会うなんて正直に答えたら、あれこれ聞かれるのは目に見えている。私はそう告げて電話を切った。

「ずいぶん楽しそうだったな」

「弟からでした」

「弟がいたのか」

「はい。尚は継母の連れ子で、私と血の繋《つな》がりはないんです。それでも、私にとって大切な弟であり、家族です」

「そうか。萌音は弟思いの良い姉なんだな」

「どうでしょう。私はいつも口うるさいので」

アパートの敷地に到着して車を駐車場に停めてもらうと、私は久我さんを一階の角部屋まで案内した。

「すみません。朝バタバタしていて、あまり綺麗じゃないかも……」

築三十年の1DKのアパートの一階が、私の部屋だ。ドアを開けて久我さんを招き入れながら、玄関に転がっていた靴を何食わぬ顔で揃える。

部屋は狭く、生活感で溢れていた。最近は疲れて帰ってきたあとご飯を食べて寝るのがやっとで、部屋の片付けにまで手が回っていなかった。

「ここが萌音の部屋か」

久我さんは興味深そうに部屋をぐるりと見回す。

「あっ、ちょっ、待ってください！」

カーテンレールに掛けてあったピンチハンガーから下着類を取り込み、慌ててバスケットに放り込む。

続けざまにテーブルの上に散らばるメイク道具をかき集めてひとまとめにした。とりあえずはこれで体裁は保たれただろう。

「疲れてるだろう？　まずは風呂に入れ。その間に、食事の用意をしておく」

彼は高級そうな皺《しわ》ひとつないグレーのスーツを脱ぎ、ソファの背に引っ掛けた。私はそれをいそいそとハンガーに掛ける。

「久我さん、やっぱりお料理は作らなくていいです」

ひとまず家に連れてきたものの、そこまでしてもらうわけにはいかない。

再度伝えるも、久我さんはキッチンに立ち、ワイシャツを腕まくりする。

「いいから任せておけ。冷蔵庫のものは適当に使っていいのか？」

「それは構いませんが……。久我さんもお仕事して疲れてますよね？　それなのに、家主の私がお風呂に入って、お客様の久我さんにお料理を作らせるなんて申し訳ないです」

私が素直な気持ちを吐露すると、久我さんはふっと笑った。

「俺がやりたくて勝手にするだけだ。問題ない」

冷蔵庫を開けて中をチェックする彼は、とてもではないけれどヤクザの若頭には見えない。

困った……。完璧に久我さんのペースだ。彼とはもう会わないと決めたのに、我が家に入れてしまったし、どうしたらいいんだろう。

「そんなところに突っ立っていないで、早く風呂に行ってこい」

再度、久我さんに急かされる。どうにも断れない雰囲気だ。

確かに、仕事を終えてゆっくりお風呂に入っている間に、誰かが料理を作ってくれたらと夢見たことはある。それがまさかこんな形で実現するなんて。

……今日だけ。今日だけだ。お風呂を出てタイミングを見計らい、彼にもう会わないと告げるんだ。

「じゃあ、お言葉に甘えて……」

私は観念して、お風呂場へ向かった。

頭はまだ混乱しているけど、ぬるめの湯船に浸かっていると、一日の仕事の疲れが徐々に薄れていった。

「お風呂いただきました……って、えっ⁉」

お風呂から上がりルームウェアを着てリビングに入った私は、思わず言葉を失った。

フローリングに敷いたラグの上の小さなテーブルには所狭しと料理が並び、いい匂いが漂《ただよ》っている。

「これ、全部久我さんが？」

「ああ。口に合うかは分からないが、食べてくれ」

驚きつつも、私は久我さんとテーブルを挟んで向かい合って座った。お腹がぐうっと鳴る。

甘辛ダレがたっぷりかかった、えのきの豚バラ巻きと、ブロッコリーのおかか和《あ》え。綺麗なだし巻き卵となめこの味噌汁。本当に冷蔵庫の食材だけでちゃちゃっと作ってくれたようだ。

「いただきます」

静かに両手を合わせて、お味噌汁からいただく。

「美味《おい》しい……」

久我さんの作ってくれた料理は、見た目もさることながら味も絶品だった。とにかくどれを食べても美味《おい》しいのだ。

「ひとり暮らしを始めてから自分の料理ばっかり食べてるので、誰かの手料理って本当に嬉しいです」

「そうか」

一日の仕事を終えて、お風呂上がりに美味《おい》しい料理を食べられるなんてこれ以上の幸せはない。

毎日家と呉服屋を往復する、代わり映えのしない毎日。こうやって尚以外の誰かと家で一緒に食事をするのは久しぶりで、つい気が緩《ゆる》む。

「ごちそうさまでした」

米粒ひとつ残さず完食した私を、久我さんは温かい目で見つめる。

片付けぐらいさせてほしいと頼んだものの、彼はそれすら自分がやると拒んだ。座っていろと促《うなが》されて、私は洗い物をする久我さんの後ろ姿をぼんやりと眺める。こうやって一緒にいると、彼が竜星組の若頭だということを忘れてしまいそうになる。

「あの、なにからなにまで、本当にありがとうございました」

片付けを終え、久我さんはソファに座る私の隣に腰を下ろした。逞《たくま》しい腕が肩に回され、私は緊張《こわ》で体を強張《こわば》らせる。

「そんなに固くなるな。疲れてるんだろ？　今日はなにもしない」

彼の言葉に罪悪感が込み上げてきた私は、彼の目を見つめてポツリと零す。

「私は……久我さんに優しくしてもらう権利なんてありません」

「どうした、そんなに改まって」

久我さんが不思議そうに尋ねる。

「すみません。もっと早く言うべきでした……。久我さん、もうこうやって会うのはやめましょう」

「どうしてだ」

彼の表情がみるみる険しくなる。

「うちが代々続く呉服屋であることは話しましたよね？　私は父の遺した呉服屋をなんとしてでも守りたいんです」

「俺がヤクザだから、これ以上関わり合いたくないんだな？」

「……久我さんが、私やお店のお客様に危害を加えたりするような人ではないことは分かっています。ですが、ヤクザと関わっていることが知られれば店の評判に関わります」

突き放すように言う私の話を、彼は黙って聞いている。

「それに今、継母は竹政組の幹部である黒岩と良い仲です。私が久我さんとの関係を続ければ、それが竜星組と竹政組の抗争の火種になる可能性があります。もしそんなことになったりしたら、あなたの身にも危険が及びます」

ハッキリと告げると、久我さんは小さく息を吐いた。

「呉服屋を守りたいという気持ちは分かる。だが、このままでは竹政組にすべてを奪われるぞ。あの組は狙った獲物は絶対に逃がさない。骨の髄までしゃぶりつくされる」

「分かっています。でも、どうすれば……」

「俺を頼ればいい」

久我さんは当たり前のように言い切る。

そのことに驚きつつ、私は首を横に振った。

「お気持ちだけで十分です。私の問題に、これ以上久我さんを巻き込むわけにはいきません。会うのは今日が最後です」

彼の目を見て力強く告げる。自分で決めたこととはいえ、胸が張り裂けそうなほど痛む。

久我さんのように魅力のある男性ならば、私に執着せずともすぐにお相手が見つかるだろう。

けれど、彼の反応は意外なものだった。

「断る」

「ど、どうしてですか……？　私にこだわる理由はありませんよね？」

「もう決めたことだ。それに、なにぶん俺は諦めが悪い性分でな。欲しいと思ったものは必ず手に入れる。たとえどんな手を使ってでも、だ」

獣《けもの》のように鋭い目で、久我さんは続ける。

「なにも心配はいらない。おまえも呉服屋も俺が必ず守ってやる。店の評判も下がることのないように、最大限配慮する」

「そんなのダメです……！　久我さん、私はあなたに迷惑をかけたくないんです」

「俺のためだとしたらなおさらだ。おまえに心配されずとも、自分の身は自分で守る」

必死に懇願しても、彼は頑なに首を縦に振ろうとはしない。

「おまえが初めてだった。竜星組の久我北斗ではなく、ひとりの男として俺を見てくれたのは」

「え……？」

「そろそろ行く。邪魔したな」

「久我さん、まだ話は終わっていません！」

立ち上がって玄関に向かう久我さんのあとを追いかけて、私も玄関へ急ぐ。

「おまえは俺が嫌いか？」

「……っ。そんなこと聞くなんてズルいですよ」

私は唇を噛み締めて抗議する。嫌いなはずがない。今だって彼への想いが溢れ出さないように、必死に取り繕っているのだ。

「呉服屋と竹政組の問題さえ解決すれば、俺から離れていかない。そうだな？」

心の中を見透かしたように断言する久我さんに、私は返す言葉を失う。

すると、久我さんは私の体にそっと腕を伸ばして、優しく抱きしめた。

「大丈夫だ。俺を信じてくれ」

耳元で熱っぽく囁《ささや》かれ、久我さんへの想いで胸がいっぱいになる。これ以上彼を拒むことはできなかった。

すぐに私の体から腕を離すと、久我さんは「また連絡する」と言って優しく頭を撫でる。

玄関先で彼がエナメルの靴に足を入れた瞬間、チャイムが鳴った。

こんな時間に誰だろう……？

直後、ドアノブを外側からガチャガチャ回す音がする。

「えっ？」と声を出す間もなく、久我さんは素早い動きでドアにチェーンを掛け、覗き窓から外を窺《うかが》う。その機敏な動きに、私は茫然と立ち尽くすことしかできない。

「外に若い男がいる。知り合いか？」

「若い男ですか？」

久我さんの問いに訝《いぶか》しげに尋ね返したとき、扉の向こうから「萌音？　俺だよ！」と聞き覚えのある声がした。

「……えっ、尚？」

「そうだよ。開けて！」

「すみません、弟みたいです」

久我さんに断ってから扉を開ける。そこには、切羽詰《せっぱつ》まった様子の尚が立っていた。

センターパートに緩《ゆる》いパーマのあてられた黒色のマッシュヘア。ぱっちりとした優しげな目元が印象的な犬系男子だ。

身長は百七十五センチほど。細身でスラリとした体型のため、韓国アイドルにいそうな出で立ちをしている。

「尚、そんなに慌ててどうしたの？　今日は無理だって言ったでしょ」

「ごめん、どうしても早くお土産《みやげ》を渡したくて」

急いで来たのか、尚の額《ひたい》には大粒の汗が浮かんでいる。

ふと、尚の視線が私の隣にいる久我さんに向けられた。

「萌音、この人は？」

彼を見る尚の目には、なぜか明らかな敵意が感じられる。

「久我さんよ。こちらは私の弟の尚です」

私の紹介に、久我さんと尚は互いに小さく頭を下げる。

「他にも誰か来てるの？」

「ううん、久我さんだけ」

「へぇ……ふたりはどういう関係なの？」

「えっと……友達。そう、友達よ」

慌てて取り繕うものの、尚は訝《いぶか》しげな目を向けたままだ。

「普通、異性の友達を夜遅くにひとり暮らしの家に招く？」

「今日はたまたまよ」

「たまたま……ねぇ」

追及されて顔を強張《こわば》らせる私を見て、尚は露骨に眉間に皺《しわ》を寄せた。

「じゃあ、俺はこれで」

「あっ、駐車場まで送りますね」

歓迎されていない空気を敏感に察したのだろう、久我さんは重たい雰囲気を断ち切るように出て行く。私は慌てて久我さんのあとを追いかけた。

駐車場に向かう途中、私は小さな声で謝罪した。

「さっきは弟がすみませんでした。今日はちょっとご機嫌斜めだったみたいで」

「気にするな」

久我さんは大したことではないというように答える。車の前まで辿り着くと、彼は改まったように真摯な表情で私と向き合った。

「さっきも言ったが、俺はおまえを絶対に諦めない。覚悟してくれ」

彼はそう念を押し、車に乗り込み去っていった。


部屋に戻ると、尚は「見送る必要なんてないでしょ」と不満げな声を漏らした。

「ちょっと待ってて。今お茶入れるから」

「ていうか、あの人の車が停まってたせいで、俺の車が停められなかったんだけど」

アイスティーをグラスに注ぎお盆に載せ、ソファに座る尚のもとへ運ぶ。

「ごめんね。車はどこに停めてきたの?」

「近くのコインパーキング。ていうかさ、萌音がアパートの駐車場を契約したのって、俺の車を置くためでしょ？」

尚は暇さえあれば我が家へやってくるのだが、毎回コインパーキングに停めるとお金がかさむ。そのため、割安のアパートの駐車場を契約したのだ。

「そうだけど、イレギュラーなことだってあるじゃない？」

「いや、俺専用にしてよ。もうあの人を家に上げないで」

尚は唇を尖らせる。どうやら臍《へそ》を曲げてしまったようだ。

尚は昔から私が異性と親しくするのを極端に嫌がる。子供の頃は微笑ましかったものの、大人になってもこの調子なのは少々困る。

「飯、あの人と食べたの？」

「うん。ねぇ、尚。今日、私が家にいなかったらどうするつもりだったの？」

そう尋ねると、尚は決まりが悪そうな表情を浮かべた。

「別に。そしたら、ドアノブに土産《みやげ》引っ掛けて帰ったよ」

尚が持ってきたのは隣県の有名な店の煎餅だった。賞味期限は一か月以上も残っている。そこまで急いで来なくても良かったのに……と思いつつ、早く私に食べさせたいと考えてくれた気持ちには感謝する。

「ありがとう。そうだ、私もこれ、尚に」

水族館で買ったクッキーを差し出すなり、尚は「誰と行ったの？」と食い気味に尋ねた。

「友達だよ」

「さっきの男？」

「どうして久我さんにこだわるのよ。なにか食べてく？」

「いらない。なんか急に食欲失せた」

そう言ったのでもう帰るかと思ったのだが、尚は居座り、久我さんとの関係を詮索するような様々な質問を投げかけてきた。

どうしてそんなに気にするんだろうと思いながらも、私はうまくぼかしつつ答える。

そうして時計の針が二十三時を回った頃、さすがに仕事の疲れが出て眠気が訪れた。

「ごめん、もう疲れちゃった。寝てもいい？」

「俺はまだ眠くないんだけど」

尚はいじけて唇を尖らせる。まるで駄々をこねる体の大きな子供だ。

「私は眠いの。尚もそろそろ帰ったほうがいいよ。明日も仕事でしょ？」

「ねぇ、萌音。俺、ここに泊まっていってもいい？」

尚が窺《うかが》うような目を私に向ける。

「それは、絶対ダメ」

一度泊まるのを許せば、尚はなんだかんだと理由をつけてずるずると我が家へ居座り続けるに違いない。そんなことになったら困る。

「なんでだよ。じゃあ、あの久我って奴のことも絶対泊まらせないでよ？」

私はやれやれと溜息を吐く。

「尚、いつも言ってるけど、姉の異性関係に口を出すもんじゃありません」

「別にいいでしょ。俺と萌音は血が繋《つな》がってないんだし」

「血の繋《つな》がりはなくても、尚はずっと私の弟だよ」

「それ聞き飽きた。俺は萌音を姉と思ったことなんて一度もないから」

尚はそう告げると、苛立《いらだ》ったように立ち上がり、ドスドスと足音を立てて玄関先まで向かう。

私はやれやれと尚を追いかける。今のように機嫌を損ねていじけてしまうことが時々あるが、翌日にはそんなことなかったかのようにケロッとして連絡をしてくるから心配はしていない。

「気を付けて帰ってね」

「――萌音」

「なに？」

玄関で眠い目を擦《こす》りながら答えると、尚は険しい表情でポツリと呟く。

「あいつと萌音、全然釣り合わないよ」

私の顔を見ないまま、尚は一方的に告げて出て行った。

「……そんなこと自分が一番よく分かってるよ」

私は再び溜息を吐き、疲れた体をズルズルと引きずるように寝室へ向かった。

第四章　初めての感情～久我北斗 side～

あの日、俺の運命は変わった――

友人との茶会を終えた祖母に、迎えに来いと命じられ車を走らせていると、待ち合わせ場所の近くの路上で祖母の姿を見つけた。

なぜか珍しく取り乱した様子の祖母は車に乗り込むなり、「巾着《きんちゃく》をひったくられたのよ！　男を追って！」と叫んだ。祖母の話によると、どうやらそのひったくり犯を居合わせた若い女性が追いかけているらしい。

見ず知らずの人間のために危険を顧《かえり》みずひったくり犯を追いかけるなんて、短絡的で無鉄砲な女だと、心の中でその浅はかさに呆れる。

「あっ、あの子よ！　北斗、早く助けに行きなさい！」

祖母の声で急ブレーキをかける。女は祖母の巾着《きんちゃく》を胸に抱きしめて、男に渡さぬよう必死に抵抗を続けていた。車を降りると、俺の存在に気付いたひったくり犯はあっけなく逃げて行く。

「大丈夫か？」と女に声を掛ける。どうやら腰を抜かしたようで、立ち上がることができないらしい。俺はやれやれと心の中で溜息を吐き、背中に腕を回して立ち上がらせる。

相当な恐怖だったようだ。気丈に振る舞っていたものの、小さなその体は小刻みに震えていた。

顔を上げた女と目が合った。凜《りん》とした佇《たたず》まいの美人だった。

ぱっちりとした力強さのある茶色い瞳に、透明感のある滑らかな肌。すっと通った鼻筋に形の良い唇。薄化粧ながら息を呑むほどの美貌に自然と目を奪われる。

祖母との会話を隣で聞いていると、精神的にも自立した強い女性であることが分かった。

ほんのわずかな好奇心が湧き上がる。けれど、俺以上に彼女に興味を示したのは祖母だった。

助けた礼に食事を振る舞いたいと申し出るも、彼女はあっけなく断った。明らかに乗り気ではない様子だ。結局、一方的に約束だけ取り付けて車に乗り込んだ。恐らく彼女は来ないだろう。

とはいえ、彼女は祖母を助けた恩人で、義理を尽くす必要がある。

来ないであろう彼女のために、俺はホテルのディナーを予約して、コンビニの駐車場で待つ。

五分置きに時計を確認するも、彼女は姿を現さない。

あと、五分待とう。いや、あと三分だけ。

珍しく自分にそんな言い訳を繰り返す。

とっくに待ち合わせ時間は過ぎていた。それでも帰ることができなかったのは、心のどこかで彼女を待ち望んでいたからだろう。

そんな矢先、予想に反して彼女は現れた。走ってきたのか、額《ひたい》には大粒の汗をかき、息を切らしている。

昼間のスーツ姿とは違う、着物を着た美しい彼女の姿に、再び目を奪われた。

食事と酒を楽しんで言葉を交わし、彼女の人となりを知った。彼女は見た目の美しさに負けぬぐらい真っすぐで、綺麗な心の持ち主だった。

感情がストレートに顔に出るのか、美しい顔をくしゃくしゃに綻《ほころ》ばせる彼女に心癒され、見ているだけで幸せな気持ちになれた。女性に対してこんな感情を抱くのは初めてのことだ。

自身が彼女に急速に惹かれていくのを自覚した瞬間だった。


「若。着きました」

「ああ」

車を降り、屈強な男たちとともに五階建てのビルに足を踏み入れる。

「開けろ」

組の若い衆に指示を送り、鍵のかかった社長室のドアを蹴り開かせた。

ここは、とある建設会社の自社ビルの一室だ。先週から社長の小針《こばり》と連絡がつかなくなった。さらに、夜逃げの準備を進めているという情報が入り、組の三人を引き連れて自《みずか》ら確認に来たのだ。

「よう、社長」

「く、久我さん……。どうしてここへ?」

振り返った男は俺の姿に気付き、慄《おのの》いて顔を青ざめさせる。

「久しぶりだな、社長。連絡が取れないから心配していたんだ」

半開きの金庫の前で這いつくばっていた小針の横を通りすぎ、黒い革張りの社長椅子に腰かける。

帯付きの札束をボストンバッグに詰め込んでいた小針は、俺の足元までやってきて跪《ひざまず》いた。

禿げあがった額《ひたい》には脂汗が浮かび、緊張からか顔を強張《こわば》らせている。

「それで、これはどういうことだ？」

脚を高々と組んでゆったりと椅子の背に体重を預けながら、俺は社長を冷ややかに見下ろす。

社長室に残されているのは壁に掛けられた社訓の入った額と、応接セットのみ。すでにほとんどのものが運び出されたあとなのか、内部はガランとしていて従業員の姿もない。

「酷い奴だ。お前のところにはたくさん仕事を回してやったのに。その恩を仇《あだ》で返される俺の気持ちが分かるか？」

「も、もちろん、おっしゃる通りです。ただ、これには事情があって……」

額《ひたい》の汗を手で拭《ぬぐ》いながら、小針は自《みずか》らを必死に擁護する。

「事情？　ああ、そういえば一回目の不渡りを出したんだってな。資金繰りに困っているんだろう？」

「そ、そうなんです……！」

渡りに船とばかり、小針は首がもげそうなほど強く何度も頷く。

「だが、その割にはずいぶん金を溜め込んでいるんだな？」

俺がボストンバッグに視線を向けると、小針は視線をさまよわせて明らかに動揺し始めた。

「聞いたところによると、お前は足りない頭を使って帳簿や会計を誤魔化し、裏金作りに精を出していたらしいじゃないか」

「なっ……」

「それだけじゃない。ここで働いていた外国人労働者の給料を違法にピンハネして儲けてたんだって？　ずいぶんあくどい手口だな」

「違います！　アイツらが嘘をついてるんです！　久我さんは騙されているんですよ！」

憤慨して鼻息荒く反論してくる小針を、俺は鋭く睨み付ける。

「あ？　俺が簡単に騙される男だと言いたいのか？」

「いえ、そうじゃなくて――」

「お前が社長の立場を利用して、立場の弱い従業員にパワハラしていたのは知っている。殴られて骨を折られたのに泣き寝入りした奴もいるんだって？　お前のしてきたことは全部こっちの耳に入ってんだよ」

俺は立ち上がり、小針の前で腰を屈める。ブルブルと小刻みに震える小針と同じ目線になると、腕を伸ばしてワイシャツの首根っこを掴《つか》み上げた。

「金を持ってテメェだけ逃げようったって、そうはいかねぇ」

「ひぃ！」

小針が小さく悲鳴を上げたとき、スマホが震えた。男のシャツから乱暴に手を離して、スマホを耳に当てる。

「――ああ、俺だ。そうか。全部回収できたか。よくやった」

電話を切り、俺は小針に向き直る。

「お前の家も捜索させてもらった。掛け軸の裏にあった隠し金庫の現金、貴金属、金の延べ棒――

金目のものは全部回収した。それと、お前の家で夜逃げの準備をしていた若い女も、事情を聞いて逃げ出したらしい。ここにある金も全部回収だ。なにもかも失うことになって、残念だったな？」

顎で指示を出すと、組の連中が金庫の中の現金をボストンバッグに移し始めた。それを黙って見つめることしかできない小針は、悔しそうに奥歯を噛みしめる。

その間に社長机の中を漁《あさ》り、社印と実印も手に入れた。これがあれば、不動産やわずかな株を闇のルートに流せる。

「今後、お前のところの財産や権利はすべて竜星組が管理する。お前はもうこの会社に居場所はない。さっさと出て行け。いいか？　二度と俺の前に姿を見せるな」

ブルブルと震えながら涙を流していた小針は、力なくふらりと立ち上がった。すべてを奪われて自暴自棄になったのだろう、絶望と憎しみに満ち溢れた目をこちらに向け、ポケットに手を突っ込んだ。

「殺してやる！」

小針が鬼気迫る怒声を上げた。手にはポケットから取り出した小型のサバイバルナイフが握られている。

「無駄なあがきはよせ。そんなことをしても、なにも変わらない」

「黙れ！　地獄に落ちるなら、アンタも道連れにしてやる！　竜星組に財産を奪われたとサツに垂れ込んでやるから覚悟しろ!!」

「勝手にしろ。だが、こちらには裏金や従業員への暴行など複数の証拠がある。お前はムショに入ったことがあるだろ？　また臭い飯を食いたいのか？」

「この野郎……――!!」

挑発すると、小針が俺に襲い掛かってきた。今はただの禿げた中年親父と化しているが、若い頃は半グレで、手に負えない輩《やから》だと言われていたという。一度キレれば見境ないところは、年を取っても変わらないようだ。

「若!!」

「テメェ、やめろ!!」

組の連中が一斉に声を上げる。俺は小針が懐《ふところ》に飛び込んでくる直前に、回し蹴りを放った。ナイフが手から離れ、床に転がる。

俺は幼い頃から様々な訓練を受け、武道には精通していた。

たとえ相手が凶器を持っていたとしても、一対一で負けるほどやわではない。信じられないというように、小針が目を見開く。

「地獄に落ちるのは、お前だ」

俺は小針から目を逸らさず軸足を変えて、もう一度蹴り上げる。鈍い衝撃のあと、小針は吹っ飛んで昏倒した。

顔の骨が折れたような感触があった。小針の口からは夥《おびただ》しい鮮血が滴《したた》り、床を赤く染める。

「林《はやし》、ここの従業員に連絡を取って、急ぎで仕事を斡旋しろ。外国人労働者に関してはビザを確認するように」

「分かりました」

ひっくり返って痙攣《けいれん》する小針をそのままに指示を飛ばして、俺はビルをあとにする。近くのコインパーキングに向かい、停めてあった黒い乗用車の助手席に乗り込む。

「若、お疲れさまでした」

「ああ」

俺は運転席の神城和也《かみしろかずや》に目を向ける。

「神城、お前に聞きたいことがある」

「なんでしょう？」

神城和也は長年若頭補佐という役職についている。いわば、俺の右腕だ。

年は俺よりひとつ年上の二十九歳。長年組に籍を置く神城は、組長だけでなく、幹部や組員からの信頼も厚い。俺にとっても神城は欠かすことのできない存在だ。

サラサラの艶《つや》やかな焦げ茶色の髪に、中性的な顔立ち。物腰も柔らかく常に穏やかで、優しく微笑むさまを見た人間は、神城がヤクザだと聞かされても信じられないらしい。

無表情な俺と常に笑顔の神城は、組員に『悪魔と天使』と比喩される。もちろん、悪魔は俺だ。

「お前、好きな女はいるか？」

唐突に問い掛けると、神城は車のハンドルからそっと手を離して数秒フリーズした。

そして改まったように俺のほうへ顔を向け、心底心配そうな目で見つめた。

「……若、最近お疲れのようですね。少しお休みになられたほうが良いかと」

神城が不思議がるのも無理はない。長年一緒にいるが、異性の話をしたのはこれが初めてだった。

「心配無用だ。それで、いるのか？」

「……おりますが」

「そうか。まあ、大方想像はついていた」

独身の神城は甘いマスクと人の好さから、女によくモテる。けれど、組に来てから特定の女がいるという話は聞いたことがない。それは恐らく、長年にわたる想い人がいるせいだろう。

「ですが、どうして突然そんなことを？　もしかして、ついに若にも想い人ができたんですか？」

神城の言葉に、俺は小さく頷く。

「なっ……！」

神城は元から大きな目をさらに大きく見開いた。

「す、すみません。驚いて心臓が止まるかと……」

「無理もない。お前とは長い付き合いになるが、こんなことを話すのは初めてだからな。俺はお前のように口がうまくない。だから、できるだけ態度で示そうと思っているんだが、なかなか振り向いてもらえなくてな」

シートに深々と背中を預けて腕を組む。

「なるほど。若でさえ手に負えない女性なんですね」

「ああ。嫁になれと言ったが、うまくかわされた」

「……は、はい？　それは、一体どういう場面で口にされたんです？」

訝《いぶか》しげな神城に、俺は萌音との間の出来事をかい摘《つま》んで話した。

「彼女の気立ての良さに惚れ込んで、一夜をともにしたあと、『嫁になれ』？　そんなのどう考えたって拒まれるに決まっているでしょう」

「だが、萌音は魅力の塊だ。他の男に取られる前に、一刻も早く俺のものにしたかった」

こんな想いを抱いたのは、萌音が初めてだ。

俺の人生は、生まれた瞬間から定められていた。

竜星組を継ぎ、組を率いる。それを使命に生きてきた。二十五歳を過ぎて度々縁談が持ち上がるようになっても、これといった女性には出会えなかった。

勧められて、渋々女性と食事に行ったこともある。無表情で食事をとり、相手との会話もそこそこに席を立つ。興味のない相手にあれこれ質問するのは億劫《おっくう》だったし、時間を搾取されているようで苦痛だった。

『ヤクザは嫌いか？』と尋ねると、女たちは『大好きです』と甲高い声で媚びを売ってくる。

理由を尋ねると、強くてかっこいいからだとか金持ちだからだとか、とってつけたような理由を並び立てた。

彼女たちが求めているのは、俺自身ではない。竜星組若頭の久我北斗であり、その妻の座なのだ。

けれど、萌音だけは違った。ヤクザが嫌いかと問うと、もちろんだと答えた上で『人間的に良い人か悪い人かは、自分の目で見て決めます』とハッキリ言ってのけた。あんなことを言う女は、これまで見たことがない。

「その萌音さんというお方は堅気《かたぎ》の人間ですか？」

「ああ。隣町の呉服屋の娘だ。彼女の継母が竹政組の幹部と良い仲らしい」

「なんですって？」

神城の顔から笑顔が消え失せる。

「継母が竹政組の幹部の女？」

「そうだ」

「若も知っているかと思いますが、竹政は危険です。あそこの組には仁義もクソもない。暴力的で堅気《かたぎ》にだって容赦なく手を出すような、下衆な連中です。もし若と萌音さんの関係を知ったら、あっちはそこを叩いてくるに違いありません」

竹政組の狙いは恐らく呉服店だ。大通りに面したあの土地はここ数年で価値が上がり、売ればそれなりの金額になる。俺と萌音の関係を知った竹政組が、それをネタに竜星組に揺さぶりをかけてくる可能性は十分考えられる。

「それは分かっている」

「だったら、彼女からは手を引くべきです。無駄な血が流れることになる」

神城の言葉は正しい。竹政組は力で他の組をねじ伏せ、吸収して構成員を増やしている。さらに、腕っぷしの強い街の半グレを金で釣り、仲間に引き入れている。そのせいで統制が取れず、やりたい放題の状態だ。

「その顔……、どうしても諦められないようですね？」

黙る俺に、神城はすべてを見透かしたように告げ、溜息を吐く。

「俺たち竜星組が関わらなくとも、いずれ萌音には危険が及ぶ。見て見ぬふりをして彼女を放っておくことはできない」

「それなら、その方に呉服店を捨ててもらうしか道はないでしょう。継母に店を譲って、彼女と竹政組の関係を断つしかない」

「それはできない。彼女は父親の遺した呉服店に思い入れがある。彼女の大切なものをなにひとつ奪うつもりはない」

「若！　全部を手に入れることはできません。なにかを得るためには、なにかを捨てる必要がある。頭の良いあなたなら分かるでしょう？」

神城は必死になって俺を説得する。

「ああ。だが残念ながら、俺はもう竹政組の人間に手を出した。じきに戦争になる」

「なっ、本気ですか⁉　そんなことをしたら――」

「俺はなにがあっても彼女を諦めない」

「若！」

神城が珍しく声を荒らげる。

俺は腕を組みシートに体を預けて、隣の神城に目を向ける。

「神城、お前だっていつかはこうなることを予想していたんじゃないのか？　竹政組にこれ以上好き勝手させておくわけにはいかない。時期が早まっただけだ」

言い聞かすように言うと、神城は額《ひたい》に手を当てて大きく息を吐く。

「それと、これだけは言っておく。俺は萌音を得るために、なにかを捨てることも諦めることもしない。欲しいものは、すべて手に入れる」

「ハァ……。お手上げです。若は昔から一度決めたことは絶対に譲らない頑固な人だ。私がなにを言ってもムダですね」

「さすが神城だ。俺のことをよく分かっているな」

「ええ。長い付き合いですので」

「それと、もうひとつ、お前にとって大事なことを教えてやろう」

俺は神城の耳元であることを囁《ささや》いた。

神城の目の色がサッと変わる。

「──本当ですか？　そんな……。どうしてもっと早く教えてくれなかったんですか!?」

「お前には言うなと、口止めされていてな。どうだ？　お前も俄然《がぜん》やる気になっただろう？」

「やっぱりあなたは悪魔だ。最初から私を巻き込むつもりだったんですね」

神城が冷ややかな目を向ける。神城の気持ちを利用することに成功した俺はふっと微笑んだ。

「お前は頼りになる俺の右腕だろう」

「まったく。あなたって人は……」

神城は観念したようにやれやれと深く長い溜息を吐く。俺は取り出したスマホの画面を神城に見えるように差し出す。

「さっそくだが、これから行きたい場所がある」

「これからですか？　ちなみにどちらへ？」

「ここだ」

目的地を指で示すと、その場所を見て勘のいい神城はすべてを悟ったようだ。

「若、一体なにを企んでいるんです？」

「まあ色々と考えがあってな。それから、早急に竹政組の黒岩という男の素性を調べてほしい」

「まったく、人使いの荒い人だ」

「頼りにしてるぞ」

労《ねぎら》うように神城の肩をポンポンッと叩いてニヤリと笑う。

神城はハンドルをきつく握りしめ、乱暴にアクセルを踏み込んだ。

第五章　重なる想い

『俺はおまえを絶対に諦めない。覚悟してくれ』

ふいに久我さんのセリフが蘇《よみがえ》る。

あれから彼は毎日のように連絡をくれた。けれど、気持ちに応えることのできない私は、彼を避け続けるしかない。その度に激しく胸が痛んだ。

ある朝、店の奥で反物の整理をしていると、就業時間よりもかなり早く秋穂ちゃんが店にやってきた。

いつもはお弁当の入った小さなバッグだけなのに、今日は珍しくトートバッグを肩にかけている。

「萌音さん、おはようございます！」

「おはよう。秋穂ちゃん、今日はずいぶん早いね」

「あ、はい。ちょっとやりたいことがあって」

「やりたいこと？」

「えっと……それは……」

尋ねると、秋穂ちゃんは少し慌てたように白いトートバッグを胸に抱きしめた。

言おうか言わないか迷っているのだろうか。

「秋穂ちゃん？　どうしたの？」

「あっ、いえ。なんでもありません……！」

「気になるなぁ」

彼女の前まで歩み寄ってジッと目を見つめる。

すると、秋穂ちゃんは観念したようにトートバッグに手を差し入れてなにかを引っ張り出した。

それを恐る恐る私に差し出す。

「えっ、これ、つまみ細工？　もしかして秋穂ちゃんが作ったの？」

彼女の手の中には、見事な藤のかんざしがあった。秋穂ちゃんは照れたようにこくりと頷く。

つまみ細工は日本独自の伝統工芸だ。小さくカットした羽二重《はぶたえ》やちりめんなどの生地を折りたたんで並べることで、季節の花や蝶などを表現する。和装にはお馴染みの装飾品で、櫛《くし》やかんざしによく使われていた。

「以前、由紀子さんがお店の余り布を処分しようとしていたので、無理を言って譲ってもらったんです。最近、お客様の数も減ってしまっていて、お店のためになにかできないかなってずっと考えていて……。それで色々作ってみたんですが、まだ自信がなくて……」

秋穂ちゃんが働き者なのは知っていたけど、店のためにここまで考えてくれていたなんて。彼女の優しい気持ちに胸がジーンとする。

「もし他にもあるなら見せてもらえない？」

「もちろんです」

秋穂ちゃんはバッグから四角い箱を取り出して、蓋を開けた。それを見た私は、思わず感嘆の声を上げた。

「すっ、すごい……！　これ、全部秋穂ちゃんが作ったの？　プロ並みの腕前だよ！」

箱の中には色とりどりのつまみ細工が所狭しと詰め込まれていた。松竹梅や薔薇《ばら》、それに牡丹《ぼたん》など華やかなかんざしは、目を奪われるほど美しい。

「あの……もしご迷惑でなければ、これをお店のＳＮＳに載せてもらうことはできませんか？」

秋穂ちゃんの提案に、私は弾んだ声で答えた。

「もちろん！　鮮やかな色で作ってもらえたから、すごく映えそう！」

「本当ですか⁉　ありがとうございます……！　今日早く来たのは、試しに写真を撮って、萌音さんにご相談しようと思ったからなんです」

秋穂ちゃんの笑顔につられて、私まで笑顔になる。

「ちなみに、これってやっぱり作るのは難しかったりするよね？」

私は、つまみ細工を手のひらに載せて色々な角度から見つめながら尋ねる。

「いえ！　簡単なものならお子さんでも作れますよ」

そのとき、ふとあることを閃《ひらめ》いた私はパチンッと手を叩いた。

「なるほど。それじゃ、私が月一でやってる着付け教室みたいに、お客様を集めて秋穂ちゃんが店でつまみ細工教室を開くのもいいかもしれないね」

「えっ……」

「もちろん強制じゃないよ。秋穂ちゃんが良ければの話だからね」

私の提案に、秋穂ちゃんはぱあっと目を輝かせた。

「やらせてください！」

彼女は水を得た魚のように生き生きとした表情を見せる。働き始めたときは一生懸命ながらもどこか遠慮がちだった秋穂ちゃんの力強い言葉に、こちらまで嬉しくなる。

「でも、準備とかで秋穂ちゃんの負担が増えちゃうかもしれないよ？　勤務時間内の空いている時間に作ってもらって構わないんだけど、やっぱり大変じゃ……」

「大丈夫です！　私にやらせてください‼」

気合十分の彼女に、私は微笑む。

「力を貸してくれてありがとう。まずはＳＮＳにアップしないとだね」

「はい！　どうやら、お客様にたくさん来てもらうためには写真が重要みたいです」

「つまり、人の目を引く綺麗な写真を上げないといけないのね。ただ私、写真の編集作業はやったことがなくて。あっ、でもスマホのアプリでできるんだっけ？」

「それも私にやらせてもらえませんか？　以前から趣味でスマホの写真編集アプリを使っているので、お役に立てるかもしれません」

「秋穂ちゃん、ありがとう」

心の底から秋穂ちゃんに感謝する。これで少しでも新規のお客様が来てくれれば、店も活気が出るだろう。

自分のためだけでなく秋穂ちゃんのためにも、この店を守らなければいけない。私は決意を新たにした。

この日、十八時の閉店時間ピッタリに継母と黒岩は揃って店にやってきた。汗をかきながら店のシャッターを閉める私を手伝うことなく、継母と黒岩は涼しい顔で商談用のテーブルについている。

「萌音、ちょっと話があるの。こっちへ来て」

忙しく片付けをする私を継母が呼んだ。

「なんですか？」

「まあ、いいから座んなさいよ」

継母と黒岩に相対して、私も商談用のテーブルにつく。

私たちの間に漂《ただよ》う空気がいつも以上に重たい。不穏な予感がして、自然と顔が強張《こわば》る。

「あの、私に話ってなんですか？」

すると、黒岩が不揃いな黄色い歯を見せてにやりと笑った。

「話っていうのは、この店のことなんだ」

その言葉に合わせて、継母が茶封筒から書類を取り出してテーブルの上に並べる。その書類は呉服屋や土地の売買に関するものだった。心臓がドクンと不快な音を立てる。

「この店と土地を売れということですか……？」

怒りに声が震えそうになるが、必死に感情を抑え込んで尋ねた。

「そういうこと。お父さんから継いだ店を手放したくない気持ちは分かるわ。でもね、こんな小さな呉服屋、もう潮時よ」

「……それでなんですか？」

「この書類にサインをしてくれるだけでいいの。さっさと済ませましょ」

私が従うと思い、気を良くした様子の継母。

黒岩は椅子の背もたれに体を預けてふんぞり返りながら腕を組み、口元には薄《うっす》らと歪んだ笑みを浮かべている。

私はその書類を手に取り、内容も確認せずに彼らの目の前で勢いよく破いた。

「なっ……！　アンタ、なにしてんのよ!?」

継母が目を吊り上げて怒鳴るけど、私は怯《ひる》むことなく言い返した。

「私はあなたたちになんて言われても、このお店を売る気はありません」

「……なんだと？」

継母の隣で黙って話を聞いていた黒岩の表情が険しくなる。

「おい、姉ちゃん。ヤクザに盾突いてただで済むと思うか？　お前をひねり潰すのぐらい、わしらには簡単なことだぞ？」

黒岩はグッと身を乗り出し、私に顔を寄せてぎろりと睨み付ける。ふわりと漂《ただよ》うタバコの匂いに、私は顔をしかめた。

「いくら脅迫しても無駄です。私は絶対に屈しません」

「テメェ、あんまり舐めた態度取るんじゃねぇぞ？」

黒岩は凄みながら、バンッと威嚇《いかく》するようにテーブルを叩いた。

「萌音！　いい加減になさい！」

黒岩に加勢するように、継母が唾を飛ばして叫ぶ。

この呉服屋は私だけのものではない。亡くなった父や今も店に来てくれるお客様のためにも、私はどんな脅しにも決して屈しない。

「あなたたちになにを言われても、この店を売るなんて絶対に嫌です！」

私が反論した瞬間、継母は私の頬を力いっぱいパシンッと平手打ちした。容赦のない一撃を食らい、口内に鉄の味がじんわりと広がる。

私は血の滲んだ唇の端を手の甲で拭《ぬぐ》い、継母をキッと睨んだ。

この程度で負けるわけにはいかない。私の覚悟は絶対に揺るがないのだから。

「そうか、そうか。姉ちゃんの気持ちは、よーく分かったよ」

黒岩はスッと立ち上がり、店内をゆったりとした足取りで歩く。

そして店内に飾られた着物を掴《つか》み上げ、そのまま床に放り投げた。

「やめてください！」

大切な着物に手を出すなんて！

着物を踏みつけようと脚を振り上げた黒岩に向かって叫んだ瞬間だった。

「――やめんか、こらぁ!!」

店の奥から飛び出してきた秋穂ちゃんが怒声を上げた。

「え……。秋穂……ちゃん？」

お人形のように清楚で可愛らしい秋穂ちゃんから放たれたドスの利いた声と迫力に、思わずたじろぐ。

秋穂ちゃんは目を吊り上げて黒岩を鋭く睨み付ける。普段ならばこの時間に秋穂ちゃんはいない。けれど、つまみ細工教室とＳＮＳの告知について詳しい話をしたいと申し出があり、奥の休憩室で私の仕事が終わるのを待っていてもらったのだ。

「テメェ、いつからそこにいたんだ！」

「秋穂ちゃん、逃げて！」

黒岩が秋穂ちゃんに詰め寄ろうとしたとき、彼女はニヤリと笑い、顔の横にスマホを掲げた。

「アンタらの会話は全部録音したよ。一歩でもそこを動いてみな？　ここにサツを呼んでやる」

すると、黒岩がゾッとするほど冷たい笑みを浮かべた。

「サツを呼んでも、すぐには来ねぇぞ。その間に、お前を殺すのなんてわけねぇな」

「やめて！　秋穂ちゃんに手を出さないで！」

秋穂ちゃんになにかあったらどうしよう……！

私が必死に叫んでいると、裏口から物音がした。その場にいた全員の視線が音のしたほうへ向く。

「そこまでだ」

「えっ……久我……さん？」

間一髪、私の前に颯爽《さっそう》と現れたのは、スーツ姿の久我さんだった。信じられない事態に目を大きく見開く。

久我さんの纏《まと》う空気は、獰猛《どうもう》な獣《けもの》の気配を漂《ただよ》わせていた。絶対的強者の雰囲気を漂《ただよ》わせた彼の登場に、劣勢だった空気が一瞬で好転する。ゆっくり歩を進める久我さんから目が離せない。

その背後には、彼に負けないくらい美形の男性が続く。

「え……？　なんでお兄ちゃんがここに……？」

秋穂ちゃんは信じられないという表情で久我さんを見つめる。

お兄ちゃんってどういうこと……？

「詳しい話はあとだ。神城、秋穂を外へ」

「分かりました」

久我さんの背後にいた男性が秋穂ちゃんの手を引き、裏口へと歩き出す。

「秋穂ちゃん！」

慌てて彼女を呼び止めると、秋穂ちゃんはゆっくりと振り返った。私と目を合わせ、大丈夫と私を安心させるみたいに微笑んで小さく頷く。

一体なにが起きているんだろう。お兄ちゃんと呼んだってことは、久我さんと秋穂ちゃんは兄妹なの……？

「もう大丈夫だ」

久我さんは混乱する私の前まで歩み寄り、安心させるように優しく声を掛ける。

「あのっ、どうして久我さんがここに……？」

色々と聞きたいことはあるものの、まずはこの質問を投げかける。

けれど、彼はそれどころではないというように、私の口元に視線を注いだ。

「この傷……どうしたんだ。まさか、殴られたのか……？」

「平気です。大したことはありません」

驚いた表情の久我さんは私の唇にそっと触れると、目を鋭く光らせた。

「……萌音に手を上げやがったな。まとめて殺してやろうか」

その声には凄まじい怒りが含まれていた。

彼の殺気立った姿に、場の空気がさらに張り詰める。

「なっ……突然現れてなんなのよ……！　部外者が口を挟まないで！」

継母が金切り声で叫ぶと、黒岩が不敵な笑みを浮かべながら久我さんの前まで歩み寄る。

「おいおい、どっかで見た顔だと思えば、竜星組の若頭じゃねぇか」

「お前が黒岩だな」

ふたりは対峙し、互いを睨み付ける。

久我さんと黒岩の対立——恐れていたことが現実になってしまった。

「やめて！　久我さんは関係ありません！」

慌てて叫ぶ私を久我さんが制する。

「今おまえがどういう状況になっているか、全部分かっている。俺に任せろ。悪いようにはしない」

「ダメです！　それじゃ久我さんが……」

涙目になりながら、私はフルフルと首を横に振る。そんなことをしたら、確実に竜星組と黒岩率いる竹政組との争いに発展する。それを分かっていて彼を巻き込むわけにはいかない。

「頼む、萌音。俺を信じてくれ」

「でも……」

「おまえのことも、父親が遺したこの呉服屋も俺が全部守ってやる」

切実な目を私に向ける久我さんの真摯な言葉が胸を打つ。

確かに、こうなった以上、自分ひとりではどうしようもなかった。

今まではなにがあっても自分の力だけで乗り越えてきたけれど、これ以上戦うことができない。仮にこの場が丸く収まったとしても、今後も黒岩と継母が私から呉服屋を奪おうとすることは火を見るよりも明らかだった。次はさらに強引かつ卑劣な手口を使ってくるだろう。

私は久我さんを真っすぐに見つめた。目が合うと、彼は力強い眼差しを向けて大きく頷く。

久我さんは黒岩と同じ極道の世界の人間で、本当であれば彼に救いを求めるのはリスクが高い。久我さんもまた、黒岩のように呉服屋を狙う可能性のある人間だからだ。けれど、私は彼の人となりを知っている。

『たとえその人がヤクザであったとしても、人間的に良い人か悪い人かは、自分の目で見て決めます』

以前久我さんに言ったセリフが脳裏に蘇《よみがえ》る。久我さんならばきっと私を救ってくれる。そう確信できた。

「久我さん……。助けてください……」

縋《すが》るように唇を震わせて、私はポツリと零す。

彼は小さく頷き、再び黒岩に向き直った。

「ここからは俺が萌音の代わりにお前たちと話をしよう。この呉服屋の両隣は空き店舗で、ここと合わせたらそれなりの広さになる。全部解体して更地にしたら、相当な高値で売れるんだってな？」

久我さんの言葉が図星だったのか、黒岩と継母が互いに目を見合わせる。

「空き店舗の持ち主たちにかなり圧力をかけて売るように迫ったんだって？　俺が直接出向いて事情を説明したら、どちらも売らないと約束してくれたぞ。もし今後土地を売るように強要する人間が来たら、すぐに警察を呼ぶように勧めておいた」

「なんだと⁉　部外者が勝手なことをしやがって！」

黒岩が激怒した。今にも殴りかかってきそうなほどの鬼気迫る様子に、体が小刻みに震える。

「俺が部外者なら、黒岩、お前だってそうだろう？」

「このガキが。黙って聞いてればナメくさりやがって。こないだうちのモンに手ぇ出したんだってなぁ。先に喧嘩《けんか》を売ってきたのはそっちだぞ。どう落とし前つけてくれんだ⁉」

黒岩が大声で凄む。竹政組はなにをしでかすか分からない危険な組だと、以前久我さんが言っていた。黒岩がどう出るか読めず、不安が胸に込み上げる。

けれど久我さんは平然とした態度で腕を組んでいた。

「それがどうした」

久我さんは黒岩のように感情を表に出すことなく、淡々と返す。

「んだと⁉　これから俺たち竹政組とドンパチする覚悟があるってことか⁉　あぁっ⁉」

「言いたいことはそれだけか？　残念だが、お前が好き勝手やっていられるのも、今日で最後だ」

ギリギリと怒りに奥歯を噛みしめて今にも殴りかかってきそうな黒岩を、久我さんが一蹴する。

「なんだと？　ハッタリかましてビビらせようったって、そうはいかねぇぞ？」

「ハッタリではない。お前たちはあちこちのシマを荒らしすぎた。最近、駅前の一等地にある薄葉《うすば》組がケツ持ちしている店で、従業員の女を殴ってケガさせたんだってな？　黒岩、お前もそこにいたんだろう？」

「なっ……、アンタ、そうなの⁉」

その言葉に誰よりも早く反応したのは継母だった。嫉妬心を剥《む》き出しにして黒岩を睨み付ける。

「さあな。んなこと、いちいち覚えてねぇよ」

「薄葉はお前たちを許さないと言っている。あそこの若頭とは昔から懇意にしていてな。俺たちが手を組めば、竹政組を潰すのなんて赤子の手を捻《ひね》るようなものだ」

久我さんの言葉を聞くなり、黒岩の口元に卑しい笑みが浮かぶ。

「ふっ……バカな。薄葉がお前たちと敵対関係にあるのを、俺が知らないとでも思ってんのか？」

「それは、上の代の話だ。俺たち若頭の間では和平協定が結ばれている。ろくな情報網しかないお前たちがそれを知らなくても無理はない」

すべてを見透かしたような視線を、久我さんは黒岩に向けた。

久我さんの言葉に、黒岩の表情が一瞬怯《ひる》んだ。それを見逃さず、彼は追い打ちをかける。

「それだけじゃない。実はこの間、組長の竹政一郎《たけまさいちろう》に、お前が組の若いのを使って覚醒剤の売買をしていることを話したんだ。寝耳に水だったんだろうな。大層ご立腹だったぞ？」

畳みかけるように言って、久我さんは口の端を持ち上げてわずかな笑みを浮かべた。

「……なっ……」

「上納金もちょろまかして、その女と一緒に豪遊していたとも聞いたな」

「ち、違う……！」

黒岩は明らかに動揺していた。顔を青ざめさせて、視線をあちこちにさまよわせる。

「お前はそれだけでは飽き足らず、この呉服屋を奪って売ろうと画策した。その金を手に入れた暁《あかつき》には組を捨てて、その女と国外逃亡するつもりだったんだろう」

すでに確証を得ているのか、久我さんは堂々とした口ぶりで言い切った。

まさか、そんなことまで計画していたの……？

「テメェ……」

黒岩が血走った目で久我さんを睨み付ける。それでも久我さんは一切動じることなく、飄々《ひょうひょう》としていた。

「言い訳があるなら、組長本人にするんだな」

「……なんだと？」

「お前がゆっくり話せる場を作ってやったんだ。感謝しろ」

久我さんが口元に妖しい笑みを浮かべた。

それを見た黒岩の頬がピクピクと小刻みに痙攣《けいれん》する。

「ちっ！」

身の危険を察したのか、黒岩は弾かれたように店の裏口のほうへ駆け出した。

「――逃がしませんよ」

けれど、駆け出した先で男性が待ち構えていた。先程、秋穂ちゃんを連れ出した美形の男性だ。

彼は長い脚を黒岩の前に出した。黒岩はよけきれずに躓《つまず》き、その場で激しく転倒する。

男性は黒岩の前に腰を屈めると、その襟を掴《つか》んで強制的に顔を上げさせた。

「お嬢の身になにかあったらと心配で、しばらく生きた心地がしなかったんですよ。どうしてくれるんです？」

「なんの話だ……」

声色は優しいのに、その目の奥は恐ろしいほどに冷たい。黒岩の襟をパッと離し、男性はなんの躊躇《ちゅうちょ》もなくうつぶせになった黒岩の後頭部をダンダンッと勢いよく踏みつけた。

「ぐっ……！　うぅ……」

踏みつけられた黒岩の顔面がみるみるうちに腫《は》れ上がり、血まみれになる。

「あ、アンタ……!!」

継母が黒岩のもとへ駆け寄ろうとするも、男性はそれを許さない。

「あなたも同じ目に遭いたいんですか？」

綺麗な笑顔で恐ろしいセリフを吐く男性に恐怖を抱いたのだろう。継母は小刻みに首を横に振って後ずさる。

「うっ……、や、やめろ……！」

「神城、そろそろやめろ。死ぬぞ」

鼻と口から溢れる自分の血で溺れかけている黒岩を冷ややかに眺める男性を、久我さんが制した。

その声に神城と呼ばれた男性はぴたりと動きを止め、小さく息を吐いて「立て」と黒岩に命令した。

脚を震わせて立ち上がった黒岩は、ペッとその場に血反吐を吐く。

「お前ら……こんなことしてどうなるか分かってんのか……？」

「話はもう済んだ。神城、そいつを連れて行け」

「分かりました」

「……やめろっ、クソ！　離せ、この野郎!!」

この期に及んでもまだ悪態を吐く黒岩の首根っこを、神城さんが掴《つか》み上げる。

「うるさいですよ」

黒岩の背中に神城さんがなにかを押し当てた。瞬間、黒岩の喉がひゅっと鳴った。それがなにであるかは、私のいる位置からは見えない。けれど、黒岩の威勢が一瞬で消え失せたのは確かだ。

「さあ、行きましょう。店の外に薄葉組の方を待たせていますので」

「……ま、待ってくれ！」

すると、先程までの強気の表情から一転し、黒岩が情けない声を上げた。

「わ、分かった。俺が全部悪かった！　この店に二度と手出ししないと約束する！」

「なにが言いたいんです？」

「お前たちの狙いはなんだ？　こんな小娘のためだけに竜星組が動くわけがないだろ？」

「あなた方は運が悪かったんです。今回は若頭たっての希望なので、我々は従わざるを得ないんですよ」

「神城、余計なことは言うな」

久我さんが低い声で窘《たしな》めると、神城さんはやれやれと肩を竦める。

「黒岩、お前に大事なことを言い忘れていた。お前のところの組長はもちろん、お前以外の竹政組幹部もすでに全員薄葉の手の中だ」

「そんな……」

淡々と話す彼の眼光は鋭い。

「今後竹政組を解体するか、それとも薄葉の配下に置くかはまだ分からない。少なくともお前は確実に破門だ。それに、個人の悪事も知れ渡った。お前の処遇は薄葉組に一任したが、命があればいいほうか。せっかく幹部までのし上がったのに、残念だったな」

久我さんは放心状態の黒岩から継母に視線を移す。

「ああ、そうだ。その女も連れてくるようにと言われていた」

「なっ⁉　どうしてよ！　あたしはなんの関係もないわ‼　連れてくなら、その人だけにして！」

継母がブルブルと震え上がる。

「由紀子、テメェ裏切んのか‼」

「アンタがうまくやんないからこんなことになってんでしょう⁉」

継母がヒステリックに叫ぶ。いつも一緒にいてあんなにも愛し合っていたはずのふたりが、口汚く罵《ののし》り合っているなんて。

「おい」

言い争うふたりを制止し、久我さんが継母に詰め寄った。

「今までのことを萌音に謝れ。そして、二度と彼女の前に姿を現さないと約束しろ」

「ハァ⁉　どうしてあたしが――」

「……できねぇのか？」

久我さんはドスの利いた声で継母を睨み付ける。

継母は久我さんの鋭い眼光とその迫力に負けた。ごくりと生唾を呑み込み、おずおずと頭を下げる。

「……今まで……ごめんなさい。もうあなたには関わりません……」

しおらしく謝るなんて継母らしくない。

恐らく腹の中では私を憎々しげに罵《ののし》っていることだろう。

それでも、彼女から謝罪を受けたことで、今までの苦労が報われていくようだった。これでもう継母と関わることはない。店の未来を守れたことに心から安堵する。

神城さんが黒岩と継母を連れて店を出て行き、ようやく呉服屋に静寂が訪れた。

「萌音、よく頑張ったな」

久我さんは労《ねぎら》うように優しく言って、そっと私の体に腕を回す。

「うっ……うう……」

緊張の糸がぷつりと切れた。様々なことが一気に起こり、頭の中が混乱して感情がグチャグチャに絡み合う。

彼の大きな背中に腕を回してしがみつき涙を流す私を、久我さんは黙って抱きしめてくれた。


久我さんに聞きたいことは山ほどあった。

私の気持ちを察した彼は「静かな場所で話そう」と言い、私を自分のマンションに連れてきた。

「少しは落ち着いたか？」

「……はい。取り乱してしまってすみません」

「あんなことがあったんだ。無理はない。頬はまだ痛むか？」

「いえ、もう大丈夫です」

そう答えて、私は部屋をチラリと見た。

高層マンションの最上階にある彼の部屋は、信じられないぐらい広かった。

けれど、やけにガランとした寂しい印象を受ける。最低限の家具と家電しかないせいか、生活感もない。私は、革張りの高級そうな黒いソファに座るように促《うなが》された。

「すまない。こんなものしかなかった」

「ありがとうございます」

一度キッチンへ向かい戻ってきた彼の手には、ミネラルウォーターのペットボトルが握られていた。隣に腰かけながら手渡され、お礼を言って受け取る。私はカラカラに渇いた喉を潤わせたあと、そっと切り出した。

「……久我さんにはなんてお礼を言ったらいいのか……。私ひとりじゃお店を守れませんでした」

「礼なんていらない。ヤクザ相手にも怯《ひる》まなかった自分を褒めてやれ」

久我さんの温かい言葉が胸に染み渡る。

「竹政組と黒岩のことはもう心配ない。今後の対応は薄葉組に一任しているが、もし問題が起これば俺がすべて対処する」

「ありがとうございます」

「もちろん、継母もだ。あの女と萌音が関わることは永遠にない」

力強いその言葉にホッと胸を撫で下ろす。継母や黒岩をあのまま野放しにしていれば、私利私欲にまみれた彼らは私以外にもたくさんの人を傷付けたに違いない。

彼らがどうなるか私には分からない。けれど、これを機に自《みずか》らの行いを反省して悔い改めてくれることを心から願う。

ただ、継母は尚にとっては実母だ。現在は絶縁状態にあるとはいえ、尚の気持ちを考えると胸が痛む。尚には後日、きちんと事情を説明しよう。

「あと秋穂ちゃんのことなんですが……」

「秋穂は血の繋《つな》がった妹だ。今まで妹が世話になったな」

「やっぱりそうだったんですね……」

秋穂ちゃんの家庭事情が複雑そうだった理由が今ハッキリした。

実家がヤクザだなんて、そうそう人には言えないだろう。

「清楚で穏やかで可愛らしいあの秋穂ちゃんが、久我さんの妹だったなんて……。正直、今でも信じられません」

「穏やかで可愛い……か。まあ普段のアイツはそう見えるだろう。だが、怒ったら男でも止められないぐらい凶暴だぞ。子供の頃、兄妹喧嘩《げんか》で物を投げられて何度流血させられたか」

苦々しく言う久我さんに、私は目を剥《む》く。

「ま、まさか。久我さんってば冗談ばっかり。あの秋穂ちゃんがそんなこと……」

そこまで言って、思い出す。

「――やめんか、こらぁ‼」という彼女の怒声と据わった目。黒岩を恐れず言い返す負けん気の強さ。

どれも普通の女性にはなかなかできないことだ。

「だが、大人になった秋穂があんな風に怒ったのを見たのは初めてだ」

「そうなんですか？」

「秋穂は今までも、黒岩と継母の萌音に対する横暴な態度に憤《いきどお》りを感じていたのかもしれないな。それでもアイツらになにも言わずにいたのは、萌音を思ってのことだろう」

「どういう意味ですか？」

「下手に継母たちに歯向かえば、萌音に迷惑をかけると考えたのかもしれない」

秋穂ちゃんの性格からして、久我さんの言う通りだろう。彼女の優しい気持ちに目頭がじわっと熱くなる。

「久我さんは、秋穂ちゃんがうちの店で働いてるって知ってたんですよね？　どうして教えてくれなかったんですか？」

「すべての問題が解決したら話そうと思っていたんだ。なにより、俺と萌音に繋《つな》がりがあると秋穂に知られたくなかった」

「どうしてですか？」

「秋穂の弱点は若頭補佐の神城だ。神城が絡んでいると分かれば、冷静さを欠く可能性があった」

久我さんの話を要約すると、秋穂ちゃんと神城さんは長年両片思いの関係らしい。神城さんは若頭補佐として常に久我さんと行動をともにしているのだという。

もし久我さんが私を通じて黒岩の件に関わってくると秋穂ちゃんが知れば、神城さんに被害が及ばないよう彼女が暴走したかもしれない、ということか。

「……なるほど」

秋穂ちゃんが以前言っていた好きな人というのは、神城さんのことだったようだ。

「だから、秋穂には黒岩と俺たちが対立関係にあると知らせないほうが、なにかと動きやすかった」

「そんな事情があったんですね」

「黙っていてすまなかった」

久我さんが小さく頭を下げて謝った。

「秋穂は久我家にとって待望の娘でな。両親に甘やかされて過保護に育てられた。だが突然『呉服屋でアルバイトをしたい』と言い出したんだ。アイツは俺に似て、一度言い出したら聞かない奴だ。両親が短時間ならばという条件で、秋穂のアルバイトを認めた」

「それがうちの店ですか？」

「ああ。仕事を始めてから、秋穂は生き生きした顔をしていた。一緒に働く萌音を心から尊敬して、おまえみたいに強くて優しい女性になりたいと口癖のように言っていた」

穏やかな表情で言葉を紡ぐ久我さんは、兄の顔をしていた。

「秋穂ちゃんが、そんなことを……？」

秋穂ちゃんがうちで働き始めた経緯やその思いを知り、改めて喜びが胸に込み上げる。目尻に浮かんだ涙を、私はそっと指先で拭《ぬぐ》った。

「ああ。だから、あの日レストランで名刺をもらったとき、正直驚いた。特徴も一致していたし、秋穂が言っていた女性が萌音だとすぐに分かった」

思い返せば、確かに久我さんは渡した名刺をまじまじと見つめて「この呉服屋の店主なのか？」と尋ねていた。

「不思議なことに、俺たちは兄妹揃っておまえに惚れ込んでしまったようだな。……ああ、もうひとりいた。祖母もだ」

そう言って、久我さんがわずかに表情を緩《ゆる》める。

「萌音」

彼は表情を引き締めて、私のほうへ体を向けた。

「竹政組のことでおまえが悩んでいたのは知っていた。だから、問題が解決してから言おうと思っていた」

力強い双眸《そうぼう》に射貫かれて、息が止まりそうになる。

「俺はおまえが好きだ」

「久我さん……」

「必ず幸せにすると約束する」

彼の真摯な言葉に心が震えて、熱い感情が込み上げてくる。

「初めて抱いたあの日、俺はそう決意した。ただ欲に負けて抱いたんじゃない。覚悟の上でおまえと関係を持った。体目的ではない。順番は逆になってしまったが、それだけは分かってほしい」

淡々とした口調ながらも、久我さんの本気が伝わってくる。口下手で不器用な彼が紡いだ愛の言葉が胸を衝く。

もう自分の気持ちに嘘はつけない。

私は正直に素直な心の内を話すことに決めた。

「私も……初めて会ったときからあなたに惹かれていました」

私は彼の目を真っすぐに見つめて告げた。

久我さんは固かった表情をわずかに緩《ゆる》める。

「今思えば、一目惚れですね……。待ち合わせ場所に遅刻していった私を責めなかっただけでなく、常に気遣ってくれましたよね。会話のリズムも合うし、なにより私はあなたと一緒にいると、心穏やかでいられました」

「萌音……」

「誤解しないでほしいんですが、今まで生きてきて誰かと一夜限りの関係を結んだことはありません。自分で言うのもあれですけど、生真面目な性格なので。だけどあの日、私はどうしても久我さんが欲しかった……。うまく説明できないんですけど、本能があなたを求めていたんだと思います」

こんなことを言うなんて恥ずかしい。だけど、今の自分の嘘偽りない気持ちを彼に届けたいと強く思ったので、勇気を出して続ける。

「でも、呉服屋や黒岩のことがあって、久我さんとはもう会えないと突き放しました。でも本当は『断る』と言われて、嬉しかったんです」

「俺がヤクザのせいで、萌音にはたくさんの心労をかけたな。だが、呉服屋のことも心配するな。おまえも店も、俺が必ず守る。約束だ」

久我さんの力強い言葉に、私は大きく頷く。

そして、ずっと胸に秘めていた言葉を放った。

「私も……あなたが好きです。久我さんを愛しています」

ようやく自分の気持ちを伝えられた。その瞬間、我慢していた感情が一気に込み上げて、涙がボロボロと零れ落ちる。

彼はそっと私の唇にキスを落とした。久々のキスは涙の味がして少しだけしょっぱい。

「萌音……、愛している」

キスの合間に熱っぽく囁《ささや》かれて、喜びに打ち震える。

「どうしよう……。幸せすぎておかしくなりそうです」

私の言葉に、久我さんは困ったように目を逸らす。その横顔はどことなく照れくさそうで、いつもと違う彼の表情に愛おしさが増す。

「萌音も知っての通り、俺は口下手だ。だが、これからはおまえを不安にさせないように、できるだけ言葉で伝えるようにする」

「ふふっ、嬉しいです。でも、久我さんからの愛情はもうちゃんと伝わってますよ」

彼の引き締まった体にギュッと抱きつく。ふわりと漂《ただよ》う甘いフレグランスの香りにドキッとしながらも、手は緩《ゆる》めない。

「本当か？」

「はい」

確かめるように尋ねたあと、久我さんはそのまま私をソファに押し倒した。

顔の横に彼の両手が置かれる。

「なら、もう久我さんと呼ぶのはやめてくれ」

「じゃあ、なんて呼んだらいいですか？」

「北斗、でいい」

「分かりました。北斗……さん」

「ふっ、いい響きだ」

目が合うと、北斗さんは嬉しそうに目を細める。その表情に私もたまらず笑顔になった。

ようやく互いの気持ちが通じ合った。もう私たちを隔《へだ》てるものはなにもない。

「んっ……」

引き寄せられるように、互いの唇を重ね合わせた。優しく触れ合ったあと、気持ちを伝え合うように角度を変えて再び押し付ける。

お互いを求める情熱的なキスのあと、一度唇が離れると、視線が熱く絡み合った。

久しぶりの北斗さんとのキスに照れくさくなって微笑む私を見て、彼も同じような表情を浮かべる。

互いの熱が冷める前に、またふわりと唇を重ねた。

彼の手が腰の辺りをゆっくりと撫で摩《さす》る。

「萌音……」

悩ましげに耳元で囁《ささや》かれて、唇が耳朶《じだ》を掠めた。音を立ててキスされ、耳の上部を食《は》まれて舌先で刺激される。彼の唇の熱に私はたまらず小さな吐息を漏らす。

「耳も感じるか？」

「分かりません……。そんなところ、舐められたことがないから……」

「耳以外はあるみたいな言い方だな。もっと早くおまえに出会いたかった」

不服そうな北斗さんの頬にそっと手を添えて、微笑む。

「もしかして、ヤキモチを妬いてるんですか？」

「ああ。俺以外の男が萌音の体に触れたと考えるだけで、嫉妬でおかしくなる」

「ふふっ、なんだか嬉しいです」

「……もう萌音は俺のものだ。他の男には指一本触れさせない」

独占欲を滾《たぎ》らせた北斗さんは、気持ちをぶつけるように私の唇を奪った。性急に差し込まれた舌が、口内を蹂躙《じゅうりん》する。

クチュッと唾液の絡む音がした。互いの舌をぬるぬるとすり合わせているだけなのに、下腹の奥が切なくなってくる。

「んっ……ふ……」

鼻から甘ったるい声が漏れる。唇が離れると、覆いかぶさる北斗さんを見上げた。

私に欲情し、ふぅふぅと荒い呼吸を繰り返す彼がたまらなく愛おしい。

この人が、私の愛する人。もうなんの遠慮もせずに、彼への想いを存分に伝えることができる。

「北斗さん……。好き……。大好きです」

「俺もおまえが好きだ……。愛している」

互いの気持ちを確認し合いながら、再びキスを繰り返す。

やがて切羽詰《せっぱつ》まったような表情で、北斗さんは私を見つめた。

「萌音、ベッドへ行こう」

そう言って私を抱きかかえ、寝室へ向かう。そして黒を基調としたシンプルな寝室に置かれた大きなベッドに私を押し倒すと、北斗さんは瞳に雄を滾《たぎ》らせた。

再び彼の舌が口内に侵入してきた。欲望を煽《あお》るように私の舌を舐《ねぶ》る。

「萌音の唇は甘いな。ずっと味わっていたくなる」

「んっ……はっ……」

性感を刺激されて身震いする私の服を器用に脱がせると、北斗さんは私の背中に腕を回して起き上がらせた。

「俺の上においで」

言われた通り、胡坐《あぐら》をかいた彼の膝の上に跨《また》がり、向かい合う。下着しか身に着けていないあられもない格好に、恥ずかしさが込み上げてくる。

「これでいいんですか……？」

「ああ」

バランスを崩さないように逞《たくま》しい肩に手を載せると、北斗さんの手が下着の上から胸の膨らみに触れた。乳頭とブラジャーの布を擦《こす》り付けるようにぐっと指を食い込ませて揉みながら、彼は首筋に顔を埋《うず》めて舌先でなぞる。

「あっ……」

たまらず悶えると、北斗さんはハァと熱い息を吐き出し、ブラジャーを押し下げて右胸の先端を優しく摘《つま》んだ。

「ああっ！」

親指と人差し指で乳首を扱《しご》かれたかと思えば、左胸をちゅうっと吸われて、私はたまらず背を反らせた。両胸を同時に刺激され、甘やかな刺激に嬌声が漏れる。

ぬめりを帯びた彼の舌先が乳頭に絡みつく。途端、じくじくとした疼《うず》きが下半身に溜まり、ショーツの中がしっとりと湿り始めた。

「あっ、胸……気持ちいい……」

「もっと気持ち良くなってくれ。俺のことしか考えられないくらいに」

そう言って北斗さんは、ちゅっちゅっと音を立てて交互に乳首を口に含み、舐めたり吸ったりする。彼の唾液にまみれた乳頭が、部屋の照明に照らされてテカテカと光る。

「あぁっ……もっと……もっとして……」

「そうだ。もっと俺を求めろ」

ねだり声を上げる私に気を良くしたらしい彼は、歯を立ててピンッと立ち上がった頂《いただ》きを甘噛みした。

突然の刺激に、私はたまらず彼の肩を掴《つか》む。

「あっああっ……噛んじゃ、やぁっ……」

全身に痺れるような心地よさが広がり、身悶える。

愛する人に触れられている悦《よろこ》びに、体が淫《みだ》らに開いていく。理性を剥《は》ぎ取るような愛撫に、まだ触れられてもいない蜜孔が淫《みだ》らにひくつく。

もうすでに私の秘部は、今すぐ彼を受け入れられるほどトロトロになっていた。

「はぁっ……んっ……あぁんっ」

「はっ、そんな可愛い声で啼《な》かれるとマズい。早く萌音の中に入りたくなる」

彼は興奮気味に熱い息を吐き出し、私の体をギュッと抱きしめた。

そして興奮をそのままぶつけるように唇を塞ぐ。

「んっ、ふぅ……っ」

先程よりさらに情熱的なキスだった。口腔を蹂躙《じゅうりん》され、くちゅくちゅと唾液が攪拌《かくはん》される。その淫靡《いんび》な音に興奮を煽《あお》られる。

すると、私のお尻の下で硬いなにかが蠢《うごめ》いた。すっかり硬直し、ズボンを突き上げている北斗さんの屹立だ。ショーツ越しに彼を感じて悦《よろこ》びに打ち震える。

太く長い指がショーツのクロッチに触れた。布越しに指の腹で花弁を上下に擦《こす》られる。

「あぁっ」

たまらず体を反らせ、逃げるように両手を後ろにつく。

「萌音はいやらしいな。まだ触れてもいないのに、こんなに濡らして。シミができてるぞ?」

「やっ……言わないで」

恥ずかしさのあまりそう答えると、北斗さんはショーツを剥《は》ぎ取り、溢れる蜜を中指の腹で掬《すく》い上げる。

蜜に濡れた花弁をゆるゆると擦《こす》られる度に、ぬちゅっと粘着質な音がする。

「どうだ。これでよく見えるだろう？」

彼は私を膝の上から下ろし、座ったままの状態でグイッと脚を両手で押し広げた。

「んっ……、北斗……さんっ、あっ……」

長い指が自分の中に押し入る感触に感じてしまい、目を閉じて喘ぐ。

「見ろ。俺の指に吸い付いてくる」

北斗さんの囁《ささや》きに恐る恐る目を開けると、彼の指が膣内に差し込まれるのを目《ま》の当たりにした。

あまりにも淫靡《いんび》な光景に、視覚的な昂《たかぶ》りを覚える。

彼の指を離さないとばかりに吸い付く肉襞。奥まで到達した指の動きに合わせるように、ぬちゅぬちゅと卑猥な音を立てている。

「あんっ……やあっ」

快感を得て、自然と腰が揺れる。北斗さんはブラのホックを左手で器用に外すと、私の腰をしっかり支えたまま桃色の乳頭を食《は》んだ。

「やっ、両方……ダメッ」

「萌音が感じている音が聞こえるか？」

秘部からぐちゅぐちゅという淫《みだ》らな音が響き、よりいっそう体が昂《たかぶ》る。

「やっ、んんっ」

羞恥心《しゅうちしん》を煽《あお》られて、膣壁が彼の右の中指をキュッと甘く締め付ける。

「中が締まったぞ？　萌音は言葉で攻められるのが好きなのか」

「ちがっ、あっ、っ……あぁっ！」

次の瞬間、北斗さんは内壁のある部分をぐっと指で圧迫した。

「ここがイイんだな？」

「やぁっ……」

「すごいぞ。俺の指に吸い付いてくる。もう一本呑み込めそうだな」

「あっ」

一度中指を引き抜かれ、切なさを感じる間もなく北斗さんは指を増やし、私の蜜口に押し当てた。

「あっ……ぁあああっ」

「見えるか？　外まで溢れている」

「やぁっ、恥ずかしい……っ」

「いい眺めだ」

「ダメッ……んっ」

彼は恥じる私を愉しそうな表情で見下ろし、ぬかるみにぐぐっと二本の指を埋没させ、肉襞を押し擦《こす》る。脚を広げられているせいで、その淫《みだ》らな指の動きが見て取れた。

それだけで膣内がひくひくと脈打つ。

「もっとしてほしいか？　萌音のナカ、俺を咥え込んで離さないぞ」

「あっ……恥ずか……しい……っ」

北斗さんに聞かれても、いっぱいいっぱいの私にはうまく答えられない。

蜜をたっぷり蓄えた中は、彼の動きに合わせて卑猥に痙攣《けいれん》する。指が抜き差しされる度に、蜜口から押し出されるように蜜が溢れた。

大きな右手で蜜壺をかき混ぜられると同時に、左手の指で花芯を揺さぶられる。

「んんっ、あぁ…………」

理性を薙《な》ぎ払うくらいの強烈な愉悦に体を支えていることができず、私はベッドに崩れ落ちた。

「どうした。もうギブアップか？」

ふっと笑いながら、北斗さんは仰向《あおむ》けになった私の脚を大きく広げ、脚の間に顔を近付けた。

恥部に熱い息がかかっただけで、ビクッと体が震える。全身が性感帯になってしまったみたいだ。

「なんて綺麗なんだ……。ひくひくしている」

北斗さんはギラギラとした目で秘所を見つめながら呟く。荒い息遣いから、彼の興奮が伝わってくる。

「やめて、言わないで……」

濡れそぼった秘部に熱のこもった視線が向けられ、私は羞恥《しゅうち》に悶える。それだけで軽く達してしまいそうだ。

「いやらしい体だ。触ってもいないのに、どんどん溢れてくる」

私の脚の間でふっと笑う北斗さん。そのひそかな息遣いが刺激となり、媚肉が耐えがたいほど騒めく。

脚を閉じようとしても、私の膝を両手で押さえ付ける彼が、それを許してくれない。

「萌音、俺にどうしてほしい？」

「やぁ、意地悪しないで……」

「意地悪じゃない。ただ、萌音に俺を求めてほしいだけだ」

北斗さんは獲物を狩る獣《けもの》のような目で私を見つめる。

これ以上ないくらい羞恥心《しゅうちしん》を刺激されて、顔から火が出そうだ。

もう焦らさないでほしいのに、もっとしてほしいような、矛盾した欲求に苛《さいな》まれる。

「……っ、めて……」

「ん？　聞こえない」

「お願……い……」

「なんだ」

「お願いだから……」

どうしてほしいのか自分でもよく分からない。ただ、愛されたかった。彼に、女として心も体もめちゃくちゃに愛されたい。

「お願い……舐めて……っ」

「ちゃんと言えたな。たっぷりご褒美をやろう」

彼は満足げに言い、吸い寄せられるように割れ目に舌を這わせた。触れるか触れないかの絶妙な舌遣いだ。

「あぁん!!」

待ち望んだ快楽を与えられ、私は大きく仰《の》け反って下半身をガクガク震わせた。唾液を纏《まと》った熱い舌先が秘裂をなぞっていく感覚に、下肢の震えが止まらない。

ぬるぬるした肉厚の舌がぺろりと陰唇を舐め上げた。下から上へと丁寧に縦筋をなぞり、薄桃色の粘膜から滴《したた》る蜜までも丁寧に舐め取る。

続けざまに蜜口にちゅぅっと吸い付かれ、じゅるじゅるとはしたない音を立てて吸い上げられた。

「あっっ、そこ……気持ち……いいっ。あぁっ！　あああっ」

ふいに、刺激を待ち望むように痛いほどに膨れ上がった陰核を舌先で突かれた。激しく息を弾ませながら喜悦の声を上げ、私は体を跳ねさせる。

ビクビクと体を震わせる私の声に比例するように、北斗さんの息遣いが荒くなる。彼は興奮の炎を隠すことなく、ひと思いに私の秘部にしゃぶりつき、舌を動かした。

「あぁん!!」

喉を反らせて甲高い声を上げる。

愛する人に奉仕される悦《よろこ》びと、何度されても慣れることのない圧倒的な羞恥《しゅうち》が混ざり合い、頭がぐちゃぐちゃになる。

「あっ、あっ……」

舌先がいやらしい動きで花芯を突《つつ》き転がすので、もう股の間はびしょびしょだった。愛液なのか、それとも彼の唾液なのかも分からない。

「指と舌、どっちがいい？」

花芯から唇を離した北斗さんが、余裕そうな表情で尋ねる。

「……がいい……です」

「なんだ？」

顔を赤らめながらも私は彼の問いに答えた。

「北斗さんが……いいです」

「……っ」

瞬間、北斗さんの目の色が変わった。

「おまえは……そんな風に煽《あお》られたら、我慢できなくなる」

性急にボクサーパンツを脱ぎ捨てた北斗さんは、私の両脚の間に腰を滑り込ませた。

仰向《あおむ》けのまま、私は膝立ちの北斗さんを見上げる。彼の巨大な陰茎は猛々《たけだけ》しく反り返り、太く脈打つ血管がいくつも浮いている。今からあれに貫かれるのだ。

その凄まじい迫力に一気に興奮が押し寄せて、全身の血が沸騰するような錯覚を覚える。

彼からもたらされる快感を期待して、子宮の奥がじくじくと疼《うず》いた。

「……萌音、愛している」

北斗さんは幾分《いくぶん》照れたように愛の言葉を囁《ささや》いた。そして、泉のように愛液を滴《したた》らせる私の秘部に怒張した男根の切っ先をあてがい、ぐっと力を込める。

「あぁぁ！」

煮えたぎるように熱い彼自身がゆっくりと私の隘路を進む。たまらず体を震わせて、嬌声を上げる。

やがて熱い肉塊が最奥に辿り着いた。

「あぁっ、北斗さ……んっ。私も……愛してる」

「おまえが愛おしくてたまらない」

北斗さんはうっとりとした表情で言う。

愛する彼と本当の意味で心も体も繋《つな》がり、結ばれたのだ。これ以上ない喜びに一筋の涙が零れ、頬を伝って耳まで流れていく。北斗さんはそれを指で拭《ぬぐ》い、私の唇に優しくキスを落とすと、ゆっくりと腰をグラインドさせた。

一度浅いところまで引き抜かれた硬い屹立が、再びぐっと突き上げる。隘路を埋め尽くされた充足感に、私は大きく息を吐いた。

何度か小刻みに腰を突き動かされ、溢れた愛液が摩擦でぴちゃぴちゃと鳴る。

「焦らしちゃ……やぁ」

北斗さんはせがむ私を愛おしそうに見つめると、私の願いを叶えるように両脚を抱え上げて激しく揺さぶった。

「あっ、ああっ……そ……こっ……当たって……っ」

太い屹立が根元まで差し入れられる度に、敏感な秘玉までも擦《こす》り上げられる。

さらに脈打つ肉棒が角度を変えて、膣壁の上部をゴンゴンと押し上げてきた。尿意にも似た感覚に腰がビクンッと跳ねる。

「ダメッ……！　そんなにされちゃ……おかしくなっちゃう……！」

「もっとだ。もっと淫《みだ》らに乱れるんだ」

猛々《たけだけ》しい律動を繰り返しながら、北斗さんは体を起こして結合部へ手を潜《もぐ》り込ませた。

「やぁ……っ！」

ぬるぬると花芯を指の腹で擦《こす》られ、たまらず喘ぐ。中と秘玉から絶え間なく訪れる愉悦に頭の中が真っ白になり、一気に快感の高みへ追い立てられる。

「あっ、両方はっ……ダメッ、あああ！」

二点攻めの威力は絶大だった。抗いきれない快感に喘ぐ私に、北斗さんはさらなる快感を植え付けるように腰を打ち付け続ける。

「一回、イくか？」

艶《つや》めいた提案を聞き、反射的に汗ばんだ肌が震える。

「やっ、あああ!!」

私の答えを聞くことなく、北斗さんは突き上げる律動を加速させる。

「あぁああ！　イくっ、イっちゃう!!」

喜悦の高みに上り詰めて、私は背中を弓なりに反らせた。体に力が入らず、胸を大きく上下させて息をするのがせいいっぱいだ。

蜜壺は剛直を咥え込んだまま、びくんびくんと収縮を繰り返している。

「萌音」

彼は快感の余韻に浸る私の髪や頬に口づけを落とし、愛情を伝えてくれる。

「北斗さん……気持ちいいですか？」

「ああ、最高だ。だが、どうしてそんなことを？」

北斗さんは私の乱れた髪を優しく撫でつけながら尋ねる。

「なんだか私ばかりしてもらって……申し訳なくて……」

「そういうことか」

すると彼は妖艶な笑みを浮かべて、ずるりと屹立を私から引き抜いた。

「北斗……さん？」

「今度はおまえが俺を満たしてくれ」

「え？　どうやって？」

疑問を口にすると、北斗さんは私の首の後ろに腕を回して、そのまま私の体を起き上がらせた。

「俺の上に跨《また》がってみろ」

彼の中心には、硬く張り詰めた肉槍が勇ましく反り返っている。膝立ちになった私はそれを見下ろして息を呑んだ。この上に跨《また》がるということは……

「俺を気持ち良くしてくれるんだろう？」

私は意を決して、両脚を伸ばして座る北斗さんにゆっくりと跨《また》がった。すると、彼は自身の根元を掴《つか》み、亀頭を花弁にゆるゆると押し当ててくる。先程果てたばかりで熱を帯びた子宮の奥がきゅっと締まり、甘く疼《うず》き出した。

「あっ、やぁ」

「ほら、どうした」

ぐりぐりと疼《うず》く花芯や蜜口を刺激され続けていると、とうとう理性の箍《たが》が外れた。

「もう……っ！」

私は勢いのまま、熱い彼の剛直にそっと手を添えた。初めて触れたそれは、想像以上に猛々《たけだけ》しかった。触っているだけなのに、子宮の奥が痺れたみたいにジンジンする。

私は彼の根元を手で支え、おずおずと腰を下ろした。

「あっ、んんっ」

蜜口を割り入るように、獰猛《どうもう》な屹立が奥へと進む。

すでにトロトロに満たされた私の中に、剛直がずぶずぶと呑み込まれていく。

「全部入ったな」

「ふ、うっ……」

なんとか彼の肉槍を根元まで咥え込むことができて、ホッとする。

「はっ……」

彼が結合部に視線を落として、熱い息を漏らした。

「いやらしいな。動いてもいないのに、ぎゅうぎゅう締め付けてくるぞ」

「やぁっ……」

「マズいな、興奮する」

それは私も同じだった。欲望を剥《む》き出しにした北斗さんを間近で見て、ぞわっと背中が震えた。

男性の上で動いた経験なんてない。けれど、彼をもっと気持ち良くしてあげたいという思いがどんどん湧き上がってくる。

私は北斗さんの肩に手を置いて、腰をそろりと浮かせた。亀頭の括《くび》れあたりまで腰を浮かせて、そのまま尻を落とす。

「あぁっ！」

自分の重みで彼の先端に奥深くを抉《えぐ》られ、思わず嬌声が上がる。初めはゆっくりと動かしていたものの、さらなる快感を求めて次第に激しく体を上下させていった。

「北斗さ……んっ、気持ちいいですか……？」

「ああ、気持ちいい。萌音はどうだ？」

「私も……っ、気持ちいい……です」

体の動きに合わせて結合部がぬぽぬぽと音を立てる。

蕩けてしまいそうなほどの快感に表情が歪む。

「自分でイけそうか？」

私は涙目になって首を横に振る。今の段階でも気持ちはいいが、自《みず》ら達することはできそうにない。未知の行為に対する恐れから、弾けそうになる快感をどうしても寸前で止めてしまうからだ。

私の気持ちを汲んでくれたのか、彼はずんっと下から腰を突き上げた。

「あぁぁっ！」

じわじわと溜まっていた快感が一気に弾けて、目の前に星が飛ぶ。

「すごっ……い、奥……当たって……」

ぶるんぶるんと縦に揺れる胸に、彼が吸い付く。ちゅうっと音を立てて乳首を吸われて、舌先で転がされる。

下からも上からも鮮烈な愉悦を与えられ、私はビクビクと体を跳ねさせた。

「……くっ、萌音……っ、締め付けすぎだ」

艶《なま》めかしい北斗さんの声が、私にさらなる快感を植え付ける。

彼は私の腰を両手で掴《つか》むと、根元を擦《こす》り付けるように前後に揺さぶった。

「やっ、それっ、変……になっちゃ……ああ‼」

膣内の刺激だけでなく、彼の恥骨にゴリゴリと擦《こす》り付けられた花芯からも快感を得る。

私はたまらず彼の首に腕を回した。

互いの体が密着することで胸の頂《いただ》きが彼に当たって擦《こす》れ、さらなる愉悦に喘ぐ。

「あぁん……、気持ちいい……っ、そこ……当たる……っ」

北斗さんの耳元で吐息交じりに喘ぐと、私の中の怒張がさらに熱を帯びた。

絶頂の到来を示すように、太ももの内側が小刻みに痙攣《けいれん》する。彼の屹立が脈動するのに合わせて、さらなる快感を貪《むさぼ》るべく、私も夢中で腰を振った。

「あんっ、いい！　もっと、もっとして……！」

猛烈な勢いで込み上げてくる快感の波に、我を忘れて叫ぶ。

理性はすでに吹き飛んでいた。彼の腕の中でみっともないほどに乱れて、卑猥極まりない言葉を口にして悶える。

全身を波打たせて、ひくひくと蠢《うごめ》く淫肉が肉茎をぎゅうぎゅうと締め付ける。結合部から溢れるトロトロの淫液が、互いの鼠径部《そけいぶ》を夥《おびただ》しく濡らす。

北斗さんは私の背中に腕を回してベッドに横たえさせると、再び激しい律動を続けた。ゴンゴンと最奥を抉《えぐ》り、最後の仕上げとばかりにがむしゃらに腰を打ち込んでくる。

「ああっ、またイク……イっちゃう!!」

「……っく……」

短く呻《うめ》き、北斗さんは快感に表情を歪ませる。珍しく余裕のないその表情に胸が高鳴り、同時にそんな表情を間近で見られることに高揚した。

私たちは快感を貪《むさぼ》るように、まるで獣《けもの》のように乱れながら腰を動かす。

「あぁ……!!」

肉棒が激しく擦《こす》れる。その熱さを体の奥底で感じながら、絶頂の快感が訪れる瞬間を待つ。

やがて、しっかりと閉じた瞼《まぶた》の奥でなにかが白く閃光した。稲妻に打たれたような衝撃に、体がびくんびくんと跳ね上がる。

「俺ももう……っ！」

北斗さんはずるりと自身の欲望を引き抜き、ぶるりと震えながら私のお腹の上に射精した。

そして荒い呼吸のまま私の横に仰向《あおむ》けに寝転ぶ。

「萌音……」

ティッシュで白濁を拭く北斗さんに名前を呼ばれて、私は顔を向ける。

「愛している。これからはずっと一緒だ」

「北斗さん……」

彼は私の体を引き寄せて優しく微笑み、唇を重ねた。

「んっ……」

労《いた》わるような口づけに心も体も満たされる。

北斗さんは私を抱きしめたまま、愛おしそうに髪を撫でつける。心地よい彼の体温に、これ以上ない喜びを感じた。

「おやすみ、萌音。今日はゆっくり休め」

優しい言葉に、自然と瞼《まぶた》が重くなる。そのまま目を瞑《つぶ》ると、私はあっという間に夢の世界に吸い込まれていった。


それから数日後、私は話したいことがあると尚に告げ、会う約束を取り付けた。

店を閉めて片付けを終えたタイミングで、スーツ姿の尚が店に現れた。ちょうどこの日は、呉服屋の近くで商談があったらしい。

「お疲れ。萌音のほうから会おうって誘ってくれるなんて珍しいね」

「尚もお疲れ様」

尚は品の良いダークグレーのスーツを纏《まと》い、ピカピカの黒い革靴を履いている。

ビジネスバッグとともに手にしている紙袋には、商談用のパンフレットや資料が詰め込まれていた。

普段一緒にいるとき、尚は仕事の話はしない。けれど、自信に満ちたその態度から、仕事のできる営業マンであると容易に想像がついた。

急いで来たんだろうか。尚はおでこに浮かんだ汗をハンカチで拭《ぬぐ》い、スーツの上着を脱ぐ。

「夕飯どうする？　近くのイタリアンレストランでも行く？」

尚は声を弾ませて笑顔で尋ねる。

「その前に大事な話があるの」

私は店の商談用テーブルに座るように促《うなが》した。

「どうしたの？　そんな怖い顔して」

椅子に座った尚は窺《うかが》うような目を向ける。

「実はね……――」

私は尚に、継母とその恋人の黒岩が共謀して呉服屋と土地を売ろうとしていたことを打ち明けた。

話を聞いているうちに尚の眉間には深い皺《しわ》が刻み込まれていき、最後には目を瞑《つぶ》って天を仰《あお》いだ。

母親の悪事を尚に告げるのは想像以上に辛く、彼の気持ちを思うと心がヒリヒリと痛む。

「あの人、萌音にそんな仕打ちを……？」

落胆した様子の尚の顔が、今度はみるみる怒りに染まる。

「本当にごめん。謝って済むことじゃないって分かってる。だけど……」

「いいの、尚が謝ることじゃないから。ただ、尚にとってはたったひとりのお母さんだもん。こんなことになって本当にごめんね……」

あの一件以来、継母からの連絡はない。今、彼女がどこでなにをしているのかも分からない状況だ。息子である尚が連絡すれば返事が来るかもしれないが、連絡手段が断たれている可能性もあった。

「あの人、子供の頃から萌音に酷いことをしてただろ？　だから俺は縁を切ったんだ。こうなったのも身から出た錆《さび》だよ」

尚は辛辣《しんらつ》な言葉で実の母親を突き放した。

私は驚きつつも、最近はふたりの関係があまり良くなかったので、尚がこういう態度になるのもしょうがないことかもしれないと考える。

「それで、店は大丈夫？　あの人、なんの役にも立たなかったと思うけど、人手が足りなくなるんじゃない？」

「大丈夫。今までも大変なことはたくさんあったけど、なんとか乗り越えてこられたから」

尚を安心させるために微笑む。すると、尚は小さく息を吐いて、思い詰めたような表情で私を見つめた。

「あのさ、萌音」

「なに？」

「俺たち、血が繋《つな》がってないだろ？」

「そうだけど……」

確かに私と尚に血の繋《つな》がりはない。尚の言いたいことが分からず次の言葉を黙って待つ。ほんのわずかな沈黙のあと、尚は決意を込めたように言った。

「俺、ずっと前から萌音が好きだった」

「どうしたの、急に。私も尚が好きだよ？」

「萌音の好きは弟としての好きでしょ？　俺は違う。萌音に恋愛感情を抱いてる。異性として見てるんだよ」

「えっ……？　尚が私を……？」

予想もしていなかったことを告げられ、私は思わず言葉を失う。切羽詰《せっぱつ》まった表情を浮かべる尚が冗談を言っているとは思えない。

だとしたら、本当に……？

「萌音にとって俺は可愛い弟だったかもしれない。けど、俺は萌音を姉と思ったことは一度もない」

「尚……」

「萌音への気持ちを貫くために、母親であるあの人とも縁を切ったんだ。実の母親より、萌音のことが大切だったから」

尚と過ごした日々が走馬灯のように脳裏を過《よぎ》る。

子供の頃、私たちはたくさんの時間をともに過ごした。熱を出したときは看病してくれたり、お菓子を分け合ったり、尚はなにかと私を気遣って助けてくれた。血は繋《つな》がっていなくても、私は尚を心から大切に思っている。

「ごめんね、尚。私……尚の気持ちに全然気付いてあげられなかった……」

「謝らないで。俺が欲しいのは謝罪なんかじゃない。ねえ、萌音。俺の気持ちを受け取ってくれない？　今の俺なら萌音を幸せにすることができるから。だから――」

「ごめんなさい」

私は膝の上に置いた拳をギュッと握りしめて頭を下げた。

「そんなに早く結論を出さないでよ。……やっぱり俺のことは弟としか思えないってこと？」

「違うの、そうじゃない」

「じゃあ、なんで？　嫌なところがあるなら直すから言ってよ。俺、萌音に似合う男になるから」

「尚に問題があるわけじゃないの」

「なら、どうして？」

尚が苦しげな表情を浮かべて食い下がる。大切な尚にそんな顔をさせてしまったことに胸を痛めながら、私は喉の奥から絞り出すように言った。

「私ね、お付き合いしてる人がいるの」

告げた瞬間、尚は顔を強張《こわば》らせた。

自分の言葉が尚を苦しめるということは分かっている。

けれど、曖昧《あいまい》に誤魔化したところで本人のためにならない。それに、ここで嘘をついてもいつかは分かることだ。尚のことを大切に思っているからこそ、幸せになってほしい。だから私は、尚に本音をぶつけた。

「……こないだの男？　友達だったんじゃないの？」

「あのときはね。でも、今は違う。私ね、彼を心から愛してるの。もう彼以外考えられない」

私は尚を真っすぐ見つめて続ける。

「尚には本当に感謝してる。今までたくさん支えてくれてありがとう。でも、尚の気持ちには応えられないの」

「……今まで俺を男として意識したことは？」

尚はぐっと奥歯を噛みしめて、涙声で尋ねる。

私は胸の痛みを堪《こら》えて、心を鬼にする。

「ごめんね、一度もない。だけど、今までもこれからも、尚はずっと私の大切な家族だよ」

ハッキリ告げると、尚は頭を垂れて大きく息を吐き出した。

「ハァ……。萌音は一途だから、俺がなにを言ってもその気持ちは変わらないだろうね」

私たちの間に流れる重い空気。

うな垂れる尚になんて声をかけたらいいのか分からず、私は黙り込む。

やがて沈黙を切り裂くように、尚がふっと笑った。

「まあ、そう言われるんじゃないかって予想はしてた。萌音が夜遅くに男を家に招くなんてよっぽどだし。だけど、しばらくは心の整理がつかなそう」

「ごめんね、尚……」

「もういいよ、謝らないで。可能性がないってバッサリ断ってもらえて、なんか逆にスッキリしたし。俺もそろそろ姉離れしないとな」

「大丈夫。尚ならきっといい人が見つかるよ」

「だろうね。萌音は知らないと思うけど、俺結構モテるんだよ？」

尚は椅子にふんぞり返って偉そうに腕を組み、得意げな表情を浮かべた。私が罪悪感を抱かないように、あえて明るく振る舞ってくれているんだろう。そういう尚の優しさや気遣いに、私は何度も助けられてきた。

「知ってる。尚がモテるのは昔からだもん」

「逃がした魚は大きかったって、後悔して泣くなよ？」

「ふふっ、泣きません！」

笑った瞬間、私のお腹がぐぅぅっと音を立てた。

私たちは目を見合わせてぷっと噴き出す。

「よしっ、腹も減ったし、飯でも食べに行こう。近くの牛丼屋でいい？　それかラーメンはどう？」

椅子から立ち上がって提案する尚に、私は尋ねた。

「あれ？　さっきイタリアンレストランって言ってなかった？」

「そういうところには、恋人に連れて行ってもらいなよ」

ぶっきらぼうに言う尚。きっとこれも尚なりの気遣いに違いない。

「ずいぶん変わり身の早いこと。けど、私的には牛丼もラーメンも大歓迎。お腹空いてるから、がっつり食べたいし」

私はバッグにスマホを入れて立ち上がり、店の戸締りをしてから尚のあとを追う。

「お待たせ」

「遅いよ、姉さん」

「……尚……」

姉さんと呼ばれたのは初めてだった。家族としてずっと仲良くしていきたいという尚の気持ちを感じて、目頭がジンと熱くなる。

目が合うと、尚は照れくさそうにプイッとそっぽを向いた。

「行こう」

昔からこうだった。尚はちょっぴり不器用だけど心根は優しい。

ありがとう、尚。

私は心の中でお礼を言う。

一歩前を歩く尚の後ろ姿が、幼い頃の尚と重なって見える。懐かしい温かさが込み上げ、私の胸がいっぱいになった。

北斗さんと付き合い始めてから一か月が経った。九月後半になったというのに、いまだにムシムシと暑い日が続いている。仕事は忙しいものの以前よりも順調だ。

経営にあれこれ口を出していた継母がいなくなり、今後はすべて私が担うことになった。

店をさらに軌道に乗せるためにどうしたらいいのか北斗さんに相談すると、知り合いの経営コンサルタントを紹介してくれた。経営状況の評価をお願いして助言を求め、課題解決に向けたアドバイスをもらう。そのおかげか、少しずつ客足が伸びている。

「ただいま戻りました！」

午後三時。着物を購入してくれたお客様へのお礼状をしたためていたとき、店の自動ドアが開き、溌溂《はつらつ》とした声が響いた。

「おかえり、秋穂ちゃん」

店の近所のお得意様の家から戻ってきた秋穂ちゃんに笑顔を向けた。なぜかその両手には大きなビニール袋を提げている。

数日前にこのお得意様から店に電話があり、お孫さんのために成人式用の着物を購入したいという話があった。高齢で膝が悪いこともあり、来店するのは負担になると考えて、パンフレットを届けることを提案したのだ。

「近々お孫さんが家に来たときに、どれがいいか聞いてみるとのことでした。もし気に入った着物があれば、持ってきて見せてほしいと頼まれています」

「うん、分かった。それと、そのビニール袋は？」

私が尋ねると、秋穂ちゃんはずっしりと重たそうなビニール袋を持ち上げて商談用のテーブルに置いた。傍まで行き袋の中を覗き込むと、そこにはカボチャやししとうなどがぎっしり詰まっていた。

「『わざわざ出向いてくれてありがとう、ばあさんが喜んでるから』って、おじいさんが家庭菜園でとれた野菜をくれました。遠慮したんですが、どうしてもと言われまして」

「そっか。あとでお礼の電話を入れておくね」

「お願いします」

こういう人と人との温かい交流が、今の私のやりがいに繋《つな》がっている。

「せっかくいただいたんだし、半分ずつ持ち帰ろうか。今日はカボチャの煮物でも作ろうかなぁ」

呟きながら、私は野菜を手早く分ける。

あの一件で、秋穂ちゃんが北斗さんの妹であり、さらには竜星組の大切なひとり娘であることが明るみになった。けれど、私たちの関係は変わらず続いている。むしろ隠し事がなくなったおかげで、以前にも増して打ち解けることができた。

野菜を袋に入れていると、秋穂ちゃんがにんまりと含みのある笑みを浮かべた。

「お兄ちゃん、カボチャの煮物好きなので喜ぶと思いますよ」

「そうなんだ。じゃあ、なおさら気合を入れて作らなくちゃ。北斗さんは私が作る料理ならなんでも美味《おい》しいって褒めてくれるけど、実際は北斗さんのほうが料理の腕は上なんだよね」

「えっ、お兄ちゃんってば、料理もするんですか？」

目を丸くして意外そうな表情を浮かべる秋穂ちゃんに苦笑する。

「北斗さんの料理って食べたことない？」

「ありませんよ～！　そもそも、お兄ちゃんが料理を作る姿がまったく想像できません」

秋穂ちゃんがそう言うのも頷ける。今ではすっかり慣れたものの、見た目のイメージとのギャップも相まって私も最初は驚かされた。

「それなら、今度うちに遊びに来ない？　秋穂ちゃんにはいつも色々お世話になってるし、北斗さんと一緒に手料理を振る舞いたいな」

「……え、いいんですか？　遊びに行きたいです！」

「あとで北斗さんに伝えておくね」

私の言葉に、秋穂ちゃんは満面の笑みを浮かべた。


その日の夜。我が家にやってきた北斗さんと、テーブルで向かい合って夕食を食べる。

カボチャの煮物は予定通り作った。他には豚の生姜焼きと野菜たっぷりの味噌汁も用意した。圧力鍋の時間を間違えて柔らかくなりすぎてしまったカボチャを、北斗さんはなんの文句も言わず「美味《うま》い」と食べてくれる。

他愛もない会話のやりとりをしながら穏やかな時間を過ごす。仕事の話だけでなく、子供の頃の話もしたりして、話題は一向に尽きない。

食事を終えたタイミングで、私は昼間秋穂ちゃんとした話を切り出した。最後まで聞き終えた北斗さんは明らかに狼狽《ろうばい》していた。

「俺が秋穂に料理を……？」

「もちろん私も一緒に作ります。三人で一緒に食事ができたら楽しいかなと思ったんですが……」

「秋穂の奴、きっと神城におもしろおかしく話すだろうな……」

北斗さんは思い悩むように額《ひたい》に手を当てて、険しい表情を浮かべる。その姿を見て、申し訳なさが募った。きちんと北斗さんに許可を得てから秋穂ちゃんを誘うべきだったと、自分の軽率さを悔やむ。

「ごめんなさい、勝手に決めちゃって。やっぱりやめましょう。秋穂ちゃんには私から言っておきますね」

場の空気が悪くならないように努めて明るく振る舞い、私は自分の分の食器を手に席を立つ。キッチンの流しに食器を置いた瞬間、後ろから抱きしめられた。

「北斗さん……？」

「違うんだ、萌音が謝ることじゃない。ただ、柄にもないことをして、秋穂や、秋穂から話を聞くであろう神城に茶化されるのを案じていた。……すまない、自分の見栄やプライドを気にして、萌音の気持ちを考えられなかった」

彼は私の肩におでこを載せて、腹部に回す腕にほんの少しだけ力を込める。

「だが、あいつらに笑われようがからかわれようが、そんなのどうだっていい。俺は萌音が望むことならなんだってする」

私は彼の手にそっと自分の手のひらを重ね合わせた。自分のプライドよりも私の気持ちを尊重してくれる北斗さんの優しさに胸がいっぱいになる。実は秋穂ちゃんに手料理を振る舞いたい気持ちだけでなく、普段北斗さんがどんな兄の顔をしているのか、その姿も見たかった。

「北斗さん、無理しないでください」

「無理じゃない」

「本当に？　いいんですか？」

「ああ」

顔を北斗さんのほうに向けると、彼は愛おしそうな目で私を見つめて頷いた。

「萌音、こっちを向いて」

私の体に回されていた彼の腕が緩《ゆる》んだので、言われた通りに向き直る。

「北斗さん、ありがとうございます……！　秋穂ちゃんもきっと喜んでくれると思います」

「秋穂のためというわけじゃないが、俺は萌音が喜んでくれるならそれでいいんだ」

私を見下ろす北斗さんの目は真剣だった。本気でそう思ってくれているのが伝わってくる。

私はそっと彼の腰に腕を回して、端整な顔を見つめた。

「なんだか、いつも私ばっかりしてもらってる気がします。私にもなにかできること、ありませんか？」

彼は言葉でも態度でも私への愛情をたっぷり示してくれるので、感謝している。

私がそう言うと、北斗さんはゆっくり首を横に振った。

「そんなことは気にしなくていい。俺がしたくてやってるだけだ」

「でも……」

北斗さんは私のことをたっぷり甘やかしてくれるけど、私はなにも返せていない気がしてなんだか心苦しい。

「萌音が傍にいてくれるだけで、俺は十分だ」

「ほら、また私ばっかり嬉しい言葉をもらっちゃいました」

「なら、俺ももらっていいか？」

「なにをですか？」

「萌音を」

挑発的な視線を私に向ける北斗さん。

私はぐっと背伸びをして、彼の唇にチュッと音を立ててキスをした。

「これから先、私はずっと北斗さんだけのものですよ」

「その言葉、忘れるなよ？」

情熱的なその眼差しに、胸の鼓動が高鳴る。

優しい手つきで私の頬を撫でたあと、北斗さんは唇を奪った。角度を変えながら唇を重ね合わせているうちに、彼の呼吸が荒くなる。情熱的な深い口づけ。あっという間に舌を差し込まれて、口内を蹂躙《じゅうりん》される。

私は彼の首に腕を回して与えられるキスの雨を受け入れた。ダイニングテーブルの上にはまだ片付けていない食器が並んでいる。

「んっ……待って……、まだ片付けが……」

「俺より片付けのほうが大事か？」

「もう、北斗さんってば意地悪なんだから」

片付けは彼と愛し合ったあとでいいと割り切る。

「で、どっちが大事なんだ」

「そんなの北斗さんに決まってます」

私の言葉を聞いた北斗さんは満足げに微笑み、私の首筋に顔を埋《うず》めて、右手で胸を押し揉んだ。

彼からもたらされる甘い刺激に、私は目を閉じて天を仰《あお》ぐ。

私たちは欲望のままに貪《むさぼ》るように愛し合い、ベッドで泥のように眠りについた。結局、カピカピに乾燥してしまった食器を片付けたのは、翌朝になってからだった。


幸せな日々が続く中、ふとあることに気が付いた。元々生理は不順だったため油断していたものの、月のものが遅れているのだ。

まさか……。ある予感が脳裏を掠める。

この日、私は仕事のあとに北斗さんと合流して夕食を食べ、彼の家でまったりと過ごしていた。

タイミングを見計らってトイレへ向かい、事前にドラッグストアで購入しておいた妊娠検査薬を試す。

終了窓の判定部分には、陽性であることを示す縦ラインがくっきりと出た。

「私のお腹の中に……北斗さんの赤ちゃんが……？」

まだ膨らんでいないお腹にそっと手を添えて、声を震わせる。いつかは愛する人と結婚して子供を授かる――そんな夢を抱いていた。それがまさか本当に叶うなんて。

お腹の中に宿った小さな命に喜びが込み上げてくる。

トイレを出てソファに座る北斗さんの隣に腰を下ろす。すると、彼はそっと私の肩に腕を回して自分のほうへ引き寄せた。付き合い出してからも、北斗さんは惜しみない愛情を私にくれる。

「あの、北斗さん。ちょっと話したいことがあって……」

「話？　なんだ？」

「えっと……」

彼は私のお腹に赤ちゃんがいると知ったら、どんな反応をするんだろう。

私は声を掛けたものの、どう話を切り出していいか迷い、口ごもってしまう。

「どうした。言いづらいことなのか？」

私の肩から腕を離して、こちらに体を向ける北斗さん。その表情は真剣そのものだ。

「実は……これ……」

私は勇気を振り絞って妊娠検査薬を取り出し、北斗さんに差し出す。

それを目にするなり、彼は弾かれたように私を見た。

「……これ……。妊娠したのか？」

「はい。生理が遅れていたので、今検査をしたんです。まだ確定したわけではありませんが……私のお腹の中に赤ちゃんが宿ってくれたようです」

眉を寄せた険しい表情から、北斗さんの感情は読み取れない。

私たちの関係は良好だし、互いの気持ちは通じ合っていると自負している。けれど、結婚よりも早く赤ちゃんができたのは、彼にとっても思わぬ出来事だったのだろう。

「子供、か」

「はい。北斗さんの子です」

「……そうか」

そう言ったきり、北斗さんは口に手のひらを当てて俯《うつむ》いた。

彼の反応は予想外だった。手放しで喜んでくれるかと思ったのに、黙り込んでしまうなんて。

「驚かせてしまってすみません……」

少しだけ不安になってそう言うと、北斗さんがこちらに目を向けた。

「ありがとう」

絞り出すように掠れた声だった。

溢れそうになる感情を必死に堪《こら》えているのか、その目には薄《うっす》らと涙が滲んでいる。

北斗さんは、妊娠を喜んでくれていた。こんなにも感情を露《あらわ》にする彼を見るのは初めてだった。

「俺と萌音の子が宿ったなんて奇跡だ。一緒に大切に育てよう。ふたりとも俺が必ず幸せにする。約束だ」

「北斗さん……」

彼は私を見つめてハッキリそう告げた。

決意を込めたその言葉に、喜びで胸が震える。

「萌音、俺と結婚してくれ」

突然のプロポーズだった。

妊娠の喜びと相まって感情が一気に溢れて、堰《せき》を切ったように涙が頬を伝う。

「俺と家族になってほしい」

「本当に……私なんかと結婚してくれるんですか？」

涙ながらに尋ねる私に、北斗さんはふっと微笑んだ。その柔らかな笑みに胸がトクンと鳴る。

「それは、俺のセリフだろう」

「北斗さんみたいに素敵な人の奥さんになれるなんて、夢みたいで……」

彼は私の涙を指で拭《ぬぐ》った。

「ヤクザの妻になるが、それでもいいか？」

「はい、その覚悟はできています。私は……あなたの妻になりたい。あなたと、お腹の中の赤ちゃんとずっと一緒にいたい」

「ありがとう、萌音」

「北斗さ……んっ」

彼は長い腕で私を抱きしめ、喜びの涙を流す私の背中をトントンと優しく叩いた。

しばらくして気持ちの落ち着いた私に、彼はこんな提案をしてきた。

「明日、一緒に産婦人科に行って診てもらおう。俺が付き添う」

「北斗さんも来てくれるんですか？」

「もちろんだ」

「でも、お仕事は？　大丈夫ですか？」

私は、いつも曜日関係なく働いている北斗さんを思い浮かべた。

急にスケジュールが空くのだろうか、と心配になる。

「問題ない。それに、家族以上に大切な仕事などあるわけがない」

北斗さんは私の肩を抱いて、そっと自分のほうへ引き寄せた。

「子供が生まれるまで、萌音を抱くのは我慢する。残念だが、しばらくお預けだな」

「ふふっ、もうしっかりパパの自覚があるんですね」

「俺がパパ、か。その響きは悪くない」

まんざらでもなさそうに言ったあと、北斗さんは不意に私の唇を奪った。

「だが、これくらいはいいだろう？」

不敵に笑った北斗さんは、情熱的なキスの雨を降らせてくる。

くちゅっと唾液の絡む音がしたあと、口の端から舌が差し込まれて、口内を舐め回された。

「北斗さん……愛してます……」

私は彼の首に腕を回して潤んだ瞳で見上げる。

「俺も愛してる」

互いの気持ちを確認するように、再び唇を重ね合わせた。

「んぁっ……」

キスの合間の息継ぎで甘ったるい声が漏れる。

すると、北斗さんは慌てたように唇を離して、私の体をギュッと抱きしめた。

「北斗、さん？」

「ダメだ。そんな声を出されたら、理性が飛びそうになる」

耳元で熱い呼吸を繰り返しながら必死に理性と戦う北斗さんがなんだか面白くて、私はつい笑ってしまった。


翌日、産婦人科で診てもらい、妊娠三か月であることが分かった。

家に帰ってくるなり北斗さんはエコー写真をまじまじと見つめて、「これからの成長が楽しみだな」と声を弾ませた。

妊娠が分かってから、彼は今まで以上に私を気遣ってくれるようになった。

今日も、私は彼の寝室で目を覚ます。朝のキラキラとした陽射しが入り込んだ寝室は、柔らかな光で満ちている。

隣ではまだ北斗さんが眠っていた。少しあどけない表情で眠る彼は、小さな寝息を立てている。顔にかかった前髪をそっと指でどかすと、眉間に皺《しわ》を寄せる。

「見れば見るほどかっこいい顔してるんだから」

寝ている間だけは、こうやって遠慮なく彼の整った顔を拝んでいられる。起きているときは恥ずかしくて、ここまで見ていられないのだ。

部屋の掛け時計を見ると、午前七時を回っていた。今日はお互い休みだし、ゆっくりできる。朝ご飯でも作ろうかと、彼を起こさないように起き上がろうとした瞬間、「行くな」と腕を掴《つか》まれた。

「北斗さん、起きてたんですか？」

「今起きた」

北斗さんは私の体にそっと腕を回して、再びベッドの中に引きずり込む。

「今日は休みだろう？　あと少しだけこうしていよう」

北斗さんは朝に弱い。私の背中に顔を押し付けてまどろんでいる彼の様子が微笑ましくて、ふっと笑う。幸せが心地よく胸の中に広がっていく。目を瞑《つぶ》ると、私は再び夢の中へ落ちていった。

あれから彼とともに眠りにつき、目を覚ましたときには十一時になっていた。妊娠してから、よく寝るようになった。お腹の膨らみはまだ分からないけれど、ちょっとした体の変化にすら喜びを感じる。

「あれ……北斗さん？」

一緒に寝ていたはずの彼の姿がない。私はゆっくりとベッドから足を下ろして部屋を出る。

広々とした廊下を歩きリビングに向かい、扉を開けた私は目を見開いた。

広いオープンキッチンに立ち、北斗さんはなにやら料理を作っていた。

「萌音、おはよう。ゆっくり寝られたか？」

「おはようございます。こんな時間まで寝ていてすみません……」

「気にするな。妊娠中は眠くなるらしいからな」

キッチンから出た彼は、私の手を引いて四人掛けのダイニングテーブルの椅子に座らせた。

「食欲は？　なにか食べられそうか？」

シンプルな白いTシャツにスラックス姿の北斗さん。髪の毛はいつものようにきっちり撫でつけておらず、無造作に下ろしている。そのせいか、いつもより柔らかい印象を受ける。

その一方で、肘の下までびっしりと彫り込まれている色鮮やかな刺青《いれずみ》とのギャップに色気を感じて、良い意味でドキドキしてしまう。

「はい。お腹ぺこぺこです」

「そうか。じゃあ、食べよう」

北斗さんは満足げに言うと、テーブルの上にでき立ての手料理を並べた。厚揚げのそぼろあんかけに、きのこと人参など具だくさんの炊き込みご飯、それからほうれん草のおひたしに豆腐としじみの味噌汁。健康的なメニューの数々に驚く。

「これ、全部北斗さんが？」

「ああ。できるだけ栄養価の高いものを食べさせてやりたいと思ってな」

その言葉に私は目を白黒させる。北斗さんがそんな風に考えてくれていたとはつゆ知らず、ぐっすり二度寝をしていたなんて……

「私ってば、なにもせずに寝ていてすみません……。至れり尽くせりで本当に申し訳ないです……」

恐縮する私を見て、北斗さんは不思議そうな顔をした。

「そんな風に思う必要はない。それに、なにもしていないことはないだろう。萌音はこれからしばらくの間、腹の子を育てるんだ。それが一番大切で大変なことじゃないか。男の俺は代わってやることができないからな。食事のサポートや身の回りのことぐらいさせてくれ」

「北斗さんってやっぱりスパダリだ……」

「なんだって？」

「いえ！　なんでもありません。食べてもいいですか？」

「もちろんだ。たくさん食べてくれ」

「いただきます」

両手を合わせると、私は目の前の料理に箸を伸ばした。

「お、美味《おい》しい……！　北斗さんってホントお料理上手ですね」

なにを食べても百点満点の味だ。それに、私のために作ってくれたその気持ちがなにより嬉しい。

「いや、まだ簡単なものしか作れないからな。これからさらに料理の勉強をしていこうと思っている」

「どうしてですか？」

今の時点で十分できていると思うんだけど……

不思議になって尋ねると、彼は少しだけ照れくさそうに言った。

「妊娠中は、葉酸や鉄分、それにカルシウムなどを積極的にとったほうがいいらしい。逆に、塩分の摂りすぎには注意する必要があるそうだ」

「どうしてそんなに詳しいんですか？　もしかして、調べてくれたんですか？」

「ああ。俺には元々そういう知識が一切なかった。父親になるんだから、少しぐらい勉強しておかないとと思ってな」

「北斗さん……」

「それになにより、妊娠したことで心身の変化があるだろう？　腹の中で子を育てるのは大変なことだ。萌音と腹の子のためにできることならなんだってする。だから、なにかあればひとりで抱え込まずに俺を頼ってくれ」

「……はい」

私は感極まりつつ、大きく頷く。こんな風に私だけでなくお腹の子のことまで考えてくれる彼の優しさに、胸がいっぱいになる。

食事を終えると、私はおずおずと切り出した。

「北斗さん、つかぬことをお聞きしてもいいですか？」

「ああ」

「北斗さんのご両親は、結婚に対してどう考えていらっしゃるのか気になってしまって」

「それはどういう意味だ？」

首を傾げる北斗さんに、私は少し緊張気味に答える。

「久我家の嫁として、北斗さんのご両親に認めてもらえるか心配なんです……」

彼は竜星組の若頭で、将来の組を背負って立つ人間だ。彼のご両親にはいつかきちんと挨拶《あいさつ》しなければと考えていたものの、まさかこんなに早くその機会が訪れるなんて。突然現れ、すでに彼の子を宿している私は、久我家の嫁として受け入れてもらえるんだろうか……？

もちろん、認めてもらえるように最大限の努力はするつもりだけど、やっぱり不安になる。

「その点は問題ない。俺はいい歳だし、自分のことは自分で決める。たとえ両親がなんと言おうが、そんなものは関係ない。それに、両親は以前から俺の結婚を望んでいたし、反対する理由はないと思うぞ」

「そうなんですか……？」

「ああ。母も元々萌音と同じく堅気《かたぎ》の人間だ。父が惚れ込んで口説き落としたらしい」

極道の世界のことはまだよく分からないけど、北斗さんのお母さんも私と同じ立場だったと知り、安堵する。

「俺との結婚が嫌になったか？」

北斗さんはテーブルの上で指を絡め、真っすぐに私を見つめて問いかけた。少し困ったような彼の表情に、私は目を見開いてブンブンと首を横に振る。

「違います！　ただ、北斗さんのご両親にも私たちの結婚を祝福してほしいと思ったんです」

「萌音……」

「北斗さんとの結婚が嫌になるわけないじゃないですか。北斗さんと赤ちゃんと私……三人家族になるのが今から楽しみで仕方ないんですから」

「ああ。俺も同じ気持ちだ」

真っ向から否定する私に、北斗さんは胸を撫で下ろすように息を吐いた。

「萌音の気持ちはよく分かった。両親には俺から話をしておく。安定期に入ったら、一緒に会いに行こう」

「はい！　私、ご両親に気に入ってもらえるように頑張ります！」

「ふっ、そんなに気を張らなくても大丈夫だ」

気合を入れて頷いた私に、北斗さんはふっとわずかに微笑んだのだった。

第六章　永遠の幸せ

それからときは経ち、妊娠五か月に突入した。結局つわりもなく、安定期に入った。お腹は徐々に膨らみ、すくすく育つ赤ちゃんの成長に喜びを感じる毎日だ。

今日、北斗さんの実家を訪れて彼のご両親と顔合わせをする予定になっている。事前に着ていく服や手土産《みやげ》を用意し、マナー本も読み漁《あさ》り知識をつけた上で臨んだものの、ガチガチに緊張してしまった。

失礼がないように振るまわなければと考えるほど、表情が硬くなる。

「そんなに緊張しなくても大丈夫だ」

車から降りると、北斗さんは労《ねぎら》うように言った。

「ですが、粗相があったら大変です……。この服装、変じゃないですかね？」

私は急に不安になって尋ねる。

今回、お腹周りがゆったりとしたネイビーのワンピースを着ている。メイクは控えめにし、髪は緩《ゆる》く巻いてひとつにまとめた。

「綺麗だ。よく似合ってるぞ」

「そうじゃなくて……！」

「大丈夫だ。萌音は俺が選んだ女だし、両親が気に入らないはずがない」

私を励ますように言って、北斗さんはそっと髪を撫でた。

「忘れるな。俺が一番大切なのは萌音だ。どんなときでも俺はおまえの味方だと、約束する」

「北斗さん……」

力強い言葉に励まされて決意を固め、私は北斗さんの実家に足を踏み入れた。久我家は想像以上に広大な敷地を有していた。家は高い塀で囲まれ、立派な松がそびえ立っている。

門を押し開けると、広々とした庭の奥には二階建ての立派な日本家屋があった。遠目にもその広さを感じることができるほどだ。北斗さんのご両親の家ということは、竜星組組長の家でもある。

組の人が大勢いるかもしれないと気を張っていたものの、誰の姿も見えなかったので拍子抜けしてしまった。

北斗さんの話では、普段は警護する組の人間が何人もいるらしい。恐らく私が怖がらないよう、彼が前もって手を回してくれたんだろう。

手入れの行き届いた見事な庭を横目に、転ばないように北斗さんに手を引かれて石畳をゆっくり歩く。庭の傍《かたわ》らにある大きな池では、鮮やかな色の鯉が泳いでいた。本当にここは都心なんだろうかと思うような優雅な雰囲気だ。

広い庭を抜けると、ようやく家屋に辿り着いた。玄関に入ると、お手伝いさんが私たちを奥へと案内してくれる。

長い板張りの廊下を進むと、突き当たりの部屋の障子戸が開かれた。畳の敷かれた大広間には北斗さんのお父さんとお母さん、それにおばあさんの姿があった。

部屋の中をちらりと見回すと、磨き上げられた床柱を備えた床の間には、高級そうな掛け軸が掛けられ、その近くにある黒い和風の花瓶には華美な花が生けられている。室内の厳《おごそ》かな空気感に、私はごくりと唾を呑み込んだ。

「いらっしゃい。よく来たね」

座るように促《うなが》されて、ご両親とテーブル越しに向かい合って座る。

私は真正面からご両親の姿を見て固まった。六十代ほどのご両親は、どちらもまるで俳優のように整った容姿をしていた。そのＤＮＡは北斗さんや秋穂ちゃんにも完璧に引き継がれている。

ご両親は穏やかな笑顔で歓迎してくれた。竜星組の組長とその妻であるにもかかわらず、威圧感は一切感じられない。

私は座布団からにじり下り、すっと背筋を伸ばした。

「初めまして。神楽萌音と申します」

手を膝の前に滑らせるように下ろして、大きくなったお腹に注意しながらご両親に深々と頭を下げる。互いに挨拶《あいさつ》を済ませると、持ってきたお土産《みやげ》の羊羹《ようかん》を渡した。

北斗さんは余計な話はせず、すぐに本題を切り出す。

「彼女と結婚する。認めてくれ」

真剣な表情で告げる彼に、ご両親は顔を見合わせる。

「おまえがそう決めたのなら、俺たちが反対する理由はない」

なんの躊躇《ためら》いもなく言うお父さんの隣で、柔和な表情で頷くお母さん。

ご両親の了承を得た北斗さんは、真摯な表情でさらに話を続ける。

「それと、すでに萌音の腹の中には俺の子がいる。彼女の体のことを考えて、結婚式は短時間で済ませたい」

北斗さんの言葉におばあさんが声を上げた。

「まあ！　おめでたいわ！」

目を輝かせたおばあさんは、立ち上がって私の隣にやってきた。

結婚前に子供を授かったことを知り、彼の家族がどういう反応をするか気がかりだった。けれど、それは杞憂だったとすぐに悟る。

「おめでとう、萌音さん。あなたが北斗のお嫁さんになってくれるなんて最高よ！　これからよろしくね」

おばあさんの手放しの歓迎の言葉に、私は恐縮しっぱなしで頭を下げる。

「ありがとうございます。不束者ではありますが、どうぞよろしくお願いいたします」

私は慌てて座布団から下り、両手を畳について丁寧に頭を下げた。

すると、お父さんが制止するように手を横に振った。

「そんなに固くならないでくれ。そういえば、以前ばあさんを助けてくれたんだって？　その節は世話になったね」

「いえ、そんな……」

恐縮する私にお母さんがそっと微笑む。

「強くて優しい気立ての良い子だって、おばあさまは萌音さんのことをとっても気に入っているの。私たちもあなたの人となりを聞いていたから、お嫁に来てくれるって聞いて喜んでいたのよ」

ご両親の温かな言葉が胸に染み渡る。

「それにね、娘からもあなたの話は聞いているの」

「秋穂ちゃんから……？」

「ええ。秋穂はあなたのことを心から尊敬しているのね。仕事の話をするときの秋穂、すごく幸せそうなのよ。これも全部萌音さんのおかげだわ」

こんなにも温かく歓迎してもらえるなんて……。感極まりそうになる私を見て、隣に座る北斗さんは労《ねぎら》うように微笑む。

「だが、萌音さんも知っての通り、久我家は代々続く極道家系だ。うちの組は義理と人情を重んじる正統派だが、世間からの風当たりは強い。もしもこの先困ったことや悩むことがあれば、北斗だけでなく家内にも相談するといい。萌音さんと同じ立場の家内ならきっと力になれるはずだ」

お父さんは私に寄り添うように優しく言った。

「いつでも相談に乗るわね」

「お気遣いいただきありがとうございます」

私は感謝を込めて彼の両親に心からのお礼を伝えた。

今後の予定など一通り話し合ったあと、大広間で食事をとることになった。その中には秋穂ちゃんの姿もある。秋穂ちゃんの実家でこうやって顔を合わせるのはちょっぴり照れくさい。

テーブルには目にも鮮やかな高級料理が所狭しと並び、私は舌鼓《したつづみ》を打った。

食事も終盤に差し掛かったとき、北斗さんが「すまない、少し席を外す」と告げ、スマホを手に大広間を出て行く。席が空いたのを見計らい、秋穂ちゃんが私の隣へやってきた。

「萌音さん、今日は我が家へ来てくださってありがとうございます」

「ううん、こちらこそ。こんな豪華な食事まで用意してもらっちゃって申し訳ないよ」

秋穂ちゃんには北斗さんと付き合い始めたことは知らせていたものの、こんな短期間で妊娠と結婚の話までするようになるなんて自分でも想定外だった。けれど、秋穂ちゃんは自分のことのように喜び、祝福してくれた。

「いいんですよ。うちの家族は萌音さんがお嫁に来てくれて大喜びなので。でも、ちょっとうるさすぎですよね」

秋穂ちゃんは大広間の奥に視線を向ける。視線の先には、ご両親がいた。お酒に酔い始めているのか、顔を赤らめて楽しそうにおしゃべりしている。

すると、その会話におばあさんも加わり、三人はケラケラと陽気に笑い出した。楽しそうなその姿に、なんだかほっこりとした気持ちになる。

「賑やかでいいよ。仲の良い証拠だもの」

「家族仲の良さだけは自慢できます」

ちょっぴり照れたように言うと、秋穂ちゃんは視線を私のお腹に向ける。

「お腹、ずいぶん大きくなりましたね。お兄ちゃん、口には出さないけど、赤ちゃんが生まれるのすっごく楽しみにしてるみたいです。そういえばちょっと小耳に挟んだんですけど、妊婦健診にもついてくるって本当ですか？」

にわかには信じられないという様子の秋穂ちゃん。

私は苦笑いをしながら答える。

「うん。忙しいんだから大丈夫、ひとりで行けるって言ってるんだけど、一緒に来てくれるんだよね。赤ちゃんが生まれる前から、いいパパっぷりを発揮してくれてるよ」

私はお腹を摩《さす》りながら微笑んだ。

北斗さんはお腹が大きくなっていく私の体を常に気にかけ、大切に扱ってくれる。そんな優しさに触れる度、彼への愛がさらに大きく膨れ上がるのを感じていた。

「萌音さんと出会ってから、お兄ちゃんはいい意味で別人になりました」

そう言って秋穂ちゃんはグラスに残っていたビールをあっという間に飲み干し、にっこりと笑う。

可愛らしい容姿とは裏腹に、意外にお酒は強いらしい。

「そうなの？」

「はい。お兄ちゃんは私と違って、竜星組の看板を背負って立つ役割がありました。竜星組の長男として生まれてきた瞬間から、将来が定められていたんです。だから、何事にも興味も関心も持たず、常に淡々としていました。でも、萌音さんのおかげで今は生き生きしています。私、それが嬉しくて……」

秋穂ちゃんの言葉から、兄である北斗さんへの温かな想いが伝わってくる。

「これからもお兄ちゃんをよろしくお願いします」

秋穂ちゃんは私の目を真っすぐ見つめて、改まったように頭を下げた。

「こちらこそよろしくね。秋穂ちゃんみたいに可愛い妹ができて本当に嬉しい」

「そんな！　私、ずっと前からお兄ちゃんと萌音さんが付き合ってくれたらいいなって思ってたんです。前に、極道の男の人が気になってるって言われたとき、すごく反対したの覚えてますか？」

「うん。もちろん」

秋穂ちゃんはあのとき『萌音さんにその男は絶対に合いませんっ！』と珍しく感情的になっていた。

「実は私、頃合いを見計らって、萌音さんにお兄ちゃんを紹介しようって思ってたんです。まさかふたりに繋《つな》がりがあるなんてあのときは知らなくて。だから、萌音さんが他の組の人間と仲良くなられたら困ると思って反対しちゃいました」

「えっ、そうだったの？」

私は驚いて秋穂ちゃんを見る。

彼女が明らかな拒否反応を見せた理由がようやくハッキリした。

「でも、どうして北斗さんを私に紹介しようなんて思ったの？」

「妹の私が言うのもあれなんですけど、お兄ちゃんってそこそこいい男じゃないですか。極道ですけど学歴もありますし、稼ぎもある。女性にはモテるのに興味がないから浮気の心配もいらない。

ひとり暮らしも長いから、家事能力もそれなりに高いだろうなって思っていたので。正直、あそこまで料理ができるとは思いませんでしたけど」

先日、約束通り我が家に秋穂ちゃんがやってきて、私たちは彼女の大好物のカルボナーラを振舞った。

初めはソファに座ってその様子を眺めていた秋穂ちゃんだけど、しばらくするとキッチンへやってきて、北斗さんの手際の良さに感心していた。当の北斗さんはしかめ面《つら》で『座ってろ』なんて言って、ちょっぴり照れくさそうだった。

『美味《おい》しい〜！　お兄ちゃん、また作ってよ！』

秋穂ちゃんはそう言って、北斗さんが作ったカルボナーラを大絶賛していた。

『調子に乗るな』

『え〜、ケチッ！』

唇を尖らせて文句を言う秋穂ちゃんに、顔を顰《しか》める北斗さん。なかなかお目にかかれない兄妹のやりとりを眺めて、温かい気持ちにさせてもらったことを思い出す。

「お兄ちゃんって彼氏にするにはもちろん、結婚相手にも最適かなって」

「ふふっ。北斗さんはそこそこじゃなくて、すごくいい男性よ。私にはもったいないくらい」

「萌音さんも素敵です。ホントお似合いのふたりで羨ましい」

のろける私を見て、秋穂ちゃんが笑顔になる。

「私もいつか愛する人と結婚できたらいいなぁ……」

秋穂ちゃんがポツリと漏らす。

「お相手は、やっぱり神城さん？」

私が尋ねるなり、大きな目を見開いた秋穂ちゃんはワナワナと唇を震わせて頬を赤らめた。

「ど、ど、どうしてそれを⁉」

「秋穂ちゃんを見てれば分かるよ。ずっと前から好きなんでしょ？」

それに、北斗さんも秋穂ちゃんと神城さんは両片思いだと言っていた。

「……はい。でも、神城は私のことを女として見てくれません。ずっと子供扱いされてます」

「そんなことないと思うけどな。だってあのときね……――」

店に押し掛けてきた黒岩から北斗さんたちが助けてくれたとき、神城さんは黒岩に向かってこう言った。

『お嬢の身になにかあったらと心配で、しばらく生きた心地がしなかったんですよ。どうしてくれるんです？』

うちの店で働く秋穂ちゃんを心配していたからこその発言だ。あの日の神城さんの言葉を伝えるなり、秋穂ちゃんは分かりやすく顔を赤らめた。

「神城がそんなことを？」

「うん。神城さんも秋穂ちゃんを大切に思ってるんじゃないかな」

私の言葉に、秋穂ちゃんは嬉しそうにはにかむ。

「神城さんとうまくいくといいね。秋穂ちゃんの恋、応援してるよ」

「ありがとうございます……！　私も萌音さんに続けるように頑張ります！」

私はふたりが結ばれることを心から願った。


北斗さんのご両親との顔合わせを済ませたあと、すぐに籍を入れて、私は晴れて彼の妻になった。今まで住んでいたアパートも引き払い、北斗さんのマンションに引っ越して一緒に暮らし始めた。

生活感がなくガランとしていた北斗さんの部屋が、今ではお揃いのマグカップやお皿で溢れている。さらに部屋の片隅には、時間を見つけて少しずつ用意し始めたベビーグッズが置かれていた。

それを見る度に私の心は幸せに彩られていく。

もちろん、尚にも電話で報告した。私への気持ちを知ったときは本当に驚いたけど、彼はたったひとりの弟だ。きちんと自分の口から結婚と妊娠のことを伝えたかった。

尚は、『おめでとう。体調、気を付けなよ』と祝福してくれた。

あれから尚はさらに仕事に精を出し、営業成績をぐんぐん伸ばしているらしい。真摯に仕事に向き合う尚の姿に、姉さんも頑張れと背中を押してもらったような気持ちになる。

呉服屋にも大きな変化があった。信じられないことに、以前店で働いていた従業員が戻ってきてくれたのだ。

妊娠を心から喜んでいたものの、今後お店をどうやって継続していくか悩んでいた。そんな私に手を貸してくれたのは、やっぱり北斗さんだった。彼は私の知らないところで元従業員に接触して今の私の状況を伝え、戻ってもらえないか頼み込んでくれたのだ。さらに、秋穂ちゃんが週五で勤務してお店を支えてくれることになった。

心配していたお店の評判も、北斗さんが組と関わりがないようにうまく立ち回ってくれているので、何事もなく済んでいる。

お客様も日に日に増え、呉服屋には以前のような活気が戻りつつある。そして今日、店内の一画では秋穂ちゃんが講師を務めるつまみ細工の教室が開催された。

「皆さん、お集まりいただきありがとうございます。えっと……今日が初めての教室なので色々と不手際があるかもしれませんが、よろしくお願いします」

緊張で強張《こわば》った顔をしていた秋穂ちゃんが頭を下げると、お客様が彼女を応援するように盛大な拍手を送る。

以前、店のＳＮＳに秋穂ちゃんが作ったつまみ細工をアップしたとき、かなりの反響があった。店にはつまみ細工を見たいというお客様が訪れた。それが着物の購買にも繋《つな》がり、店の売り上げアップに貢献している。今日の教室も、若者や子供連れのママからの応募が殺到し、あっという間に満員御礼になったのだ。

「今日は来てくれてありがとう。この中から好きな布を選んでね。どれがいいかな？」

母親と参加した六歳の女の子に、笑顔で声を掛ける秋穂ちゃん。最初は緊張していたものの、今はリラックスした様子でお客様に接している。優しく穏やかな彼女の人柄もあり、終始和やかなムードだった。店内の賑わいに、両親が働いていた当時の記憶が蘇《よみがえ》り胸が熱くなる。

こうして、秋穂ちゃんのつまみ細工教室は大盛況のうちに幕を閉じた。

「秋穂ちゃん、お疲れ様」

お客様全員を見送って店に戻ると、秋穂ちゃんが安堵の溜息をついた。

「お疲れ様です。なんとか無事に終わりました」

「教室、大盛況だったね」

「はい！　喜んでもらえて本当に嬉しかったです」

にこにこと笑う秋穂ちゃんに微笑みながら、私はある提案をした。

「あのね、秋穂ちゃんさえ良ければ、今後も定期的につまみ細工教室を続けてもらいたいんだけど、どう？」

「えっ、いいんですか……？」

「もちろん。頼りにしてるね」

「はいっ！　期待に応えられるように頑張ります！」

「ありがとう、秋穂ちゃん」

秋穂ちゃんのやる気と熱意に、私は心の底から感謝してお礼を言った。


それからは怒涛《どとう》の日々が待っていた。子供のことがあるので籍だけは入れていたものの、結婚式はまだだったのだ。体調に無理のないようなスケジュールであればということで、北斗さんがすべて手配してくれた。

大安吉日のよく晴れた日曜日。神社で厳《おごそ》かに神前式が執り行われた。

白無垢に身を包んだ私は、神社の入り口から神殿に向かう参道を緊張の面持《おもも》ちで進む。途中で、私の隣を歩く北斗さんをちらりと見上げる。紋付袴姿の彼はいつになく凛々《りり》しく、精悍《せいかん》な顔つきをしている。

北斗さんたっての希望で、白無垢と紋付き袴は我が呉服店で請け負うことになった。自分の結婚式の着物を用意する日が来るなんて夢にも思わなかった。きっと天国にいる両親も心から喜んでくれているに違いない。

人生で一度きりの大切な結婚式。北斗さんは私の希望も尊重して、教会での式も提案してくれたけれど、私が選んだのは神前式だった。久我家では代々神前式だと聞いていたからだ。私は、久我家の一員になる。その決意と覚悟をもって神前式を選んだ。

「体は大丈夫か？」

本殿に入場する前に北斗さんが尋ねた。

「もし具合が悪くなったりしたら遠慮なく言うんだ。目で合図を送ってくれてもいい」

「ふふっ、大丈夫です」

私のことになると途端に心配性になってしまう北斗さんを安心させるため、そっと微笑む。

揃って本殿へ入ると、修祓《しゅばつ》の儀が始まる。神主が祓詞《はらえことば》を奏上し、榊の枝に白紙を垂らした道具を私たちの頭上で左右に振った。頭を下げた状態でいると、隣にいる北斗さんから視線を感じた。目で大丈夫かと訴えかけてくる。私が小さく頷くと、彼は安堵したように再び視線を元の位置に戻した。

今日を迎えるまでにあった数々の出来事が走馬灯のように蘇《よみがえ》ってくる。両親を亡くし、呉服屋を守るために無我夢中で走り続けた日々。自分の幸せなど二の次で、父が遺してくれた呉服屋のことだけを考えて生きてきた。そんな日々の中で、私は北斗さんに出会ったのだ――

祝詞《のりと》を聞いたあと、三献《さんこん》の儀が行われた。いわゆる三々九度の杯だ。夫婦で何度も盃を交わすことで、固く結ばれるという意味が込められている。

私は彼から受け取った盃に口を付けて飲み交わした……ふりをした。今は妊婦だし、北斗さんにも「口をつけるだけにしろ。絶対に飲むな」と口酸っぱく言われていたのだ。

続けて、指輪交換が行われた。厳《おごそ》かな雰囲気と大勢の人に見られている緊張からか手が震える。

ごくりと生唾を呑み込み、彼の指に指輪を嵌《は》める。けれど、なぜか第二関節のところで指輪が止まってしまった。

な、なんで……？

焦ってぐっと力を込めて押していると、北斗さんはすっと手を引いて周りに気付かれないように指輪を自身でつけた。

助かったと心の中で安堵する。今度は北斗さんが私の左手に手を添えて、危なげなく指輪を嵌《は》めた。どんなときでも常に余裕があり、冷静さを欠かない彼の頼もしい姿に惚れ直す。

「必ず幸せにする」

目が合うと、誰にも聞こえないほど小さな声で愛の言葉を囁《ささや》かれる。

「私もです」とこの場で言う度胸などない私は、紋付袴に身を包んだ勇ましい夫を見上げてほんのわずかにはにかんだ。

式を終えたあと、久我家のお屋敷で親族や親しい人たちが集まって宴《うたげ》が開かれた。大勢の人から挨拶《あいさつ》と祝福を受けて胸がいっぱいになる。その中には尚の姿もあった。

北斗さんが竜星組の若頭だという話はあらかじめしておいたものの、動揺を隠せない様子だ。宴《うたげ》が始まってからも終始そわそわと落ち着かない様子だった。私は北斗さんとともに、隅で小さくなっている尚のもとへ向かった。

「尚、今日は忙しいのに来てくれてありがとう」

「俺からも礼を言う。ありがとう」

北斗さんからお礼を言われた尚は少し気まずそうな顔をしたあと、改まったように北斗さんを見た。

「姉のこと……幸せにしてあげてください。よろしくお願いします」

そう言って尚は深々と頭を下げる。

「ああ、必ず幸せにする。約束だ」

北斗さんの言葉に尚は強張《こわば》っていた表情を緩《ゆる》めた。尚の言葉に目頭が熱くなる。目が合うと、尚はちょっぴり照れくさそうに笑みを浮かべた。

たくさんの人に祝福されて喜びに満たされるとともに、久我家の一員になるのだといっそう身が引き締まる。

大広間での宴《うたげ》はまだまだ続いていたけど、私の体を気遣ってくれた北斗さんの働きかけで早い時間に退席することになった。

家に帰り着くなり、ルームウェアに着替える。緊張から解放された私は、リビングのソファに座り大きく息を吐き出した。

「疲れただろう？」

カフェインの入っていないルイボスティーをローテーブルの上に置くと、北斗さんは私の隣に腰かけた。

「そうですね。今日初めて会う親族の方もいたので、粗相がないようにと気を張っていて」

「大丈夫だ。もしなにか問題が起これば、俺がいつでも萌音を助けてやる。だからそう気負う必要はない」

「指輪交換のときみたいに、ですか？　あのときは、北斗さんに助けてもらえてホッとしました」

私は先程の式での出来事を思い出す。

「ものすごい勢いで指輪を押し込んできたもんな？　相当焦ってたんだろう。まあ、俺は萌音の慌てる顔が見られて新鮮だったけどな」

北斗さんはクックッと喉を鳴らして笑う。

「全然笑えませんよ……。指輪を落としたらどうしようとか色々考えて必死だったんですから」

「そうだな、すまない。でも、俺もあのときは必死だったんだ」

「えっ、なににですか？」

私は思わず首を傾げた。

北斗さんが必死になるようなことってあったかな？

「萌音の白無垢姿が綺麗すぎて、気持ちを抑えるのが大変だった」

「え？」

「神社には一般客もいたし、みんな萌音に注目していただろう？　俺の妻はこんなに美しいんだと、全員に触れ回りたいぐらい誇らしかった」

「そ、そんなことは……」

私を見ていたわけではないと心の中で苦笑する。

白無垢と紋付袴で参道を歩くだけで目立つ上に、私たちの後方にはゾロゾロと久我家の親族たちが列をなしていた。言葉を交わせばみんな気さくでいい人たちだけど、眼光の鋭い強面《こわもて》の人が多いため、色々な意味で人の目を引いていたんだろう。

「白無垢はもちろんだが、前撮りのウエディングドレス姿もよく似合っていたな」

神前式でやる代わりに、前撮りは真っ白なウエディングドレスで撮った。スタジオでカメラマンに指示されて戸惑いながらもポーズを決める北斗さんの姿を見て、私はにっこり笑ったのだった。

ふいに、北斗さんは取り出したスマホを私にかざす。画面には、豪華なレースのあしらわれたウエディングドレスを着た私が映っている。私は驚いて彼を見た。

「ほ、北斗さん……まさかと思いますが、その写真を待ち受けにしてるんですか？」

「ああ、いつでも見られるようにな」

スマホの中の私をうっとり見つめる北斗さん。驚いたけれど、それだけ愛されている証拠だと思うと嬉しくなる。

私は彼の腕にそっと腕を絡ませて、肩にちょこんっと頭を載せた。

「なんか今、私すっごく幸せです」

自身の左手に嵌《は》められた、眩《まばゆ》い光を放つ結婚指輪をそっと右手で撫でる。心が満たされるというのはきっとこういうことを言うんだろう。

「俺のほうがよっぽど幸せだ。愛する萌音と俺たちの宝物がいるんだから」

彼はそっと私のお腹に触れて、慈《いつく》しむように表情を柔らかくした。

「じゃあ、赤ちゃんが生まれたら、待ち受けはママと赤ちゃんのふたりですね」

「ああ、そうなるな」

軽口を叩く私を見て北斗さんがふっと穏やかに微笑む。その優しい表情に胸が温かくなって愛おしさが込み上げる。ずっと欲しかった幸せを、私はようやく手に入れることができた。

「北斗さん、ずっと一緒にいてください」

「もちろんだ。なにがあっても絶対に離さない」

自信ありげな表情の北斗さんに心臓を撃ち抜かれた。私は何度、久我北斗という沼に引きずり込まれるんだろうか。

「ふふっ、お手柔らかにお願いします」

北斗さんの手が頬に触れる。温かく包み込むような手つきにそっと目を閉じた。

私はようやく手に入れた幸せを噛みしめながら、彼からの熱いキスを受け入れたのだった。

番外編　ふたりの宝物

四月の前半。雲ひとつない穏やかな晴天の日、予定日より一週間遅れてその瞬間はやってきた。助産師が生まれたばかりの赤子を萌音の胸に導く姿を、俺は黙って見つめる。

「……あぁ……可愛い……」

萌音が声を震わせる。顔を真っ赤にして泣く赤子の顔を覗き込む彼女の目には、涙が浮かんでいる。

「ありがとう、萌音」

俺は労《ねぎら》うようにそっと萌音の髪を撫でつけた。なぜか急に鼻の奥がツンと痛み、目頭が熱くなる。

「私たちの赤ちゃんですね」

「……ああ」

「触ってあげてください」

俺は萌音に言われた通り、おずおずと赤子の頬に手を伸ばす。

「柔らかいな」

小さな拳のわずかな隙間に指を入れると、赤子は小さな手でそれをぎゅっと握った。

「……っ。萌音に似て可愛い顔をしているな」

自然と口元が綻《ほころ》んだ。そんな俺たちの姿を、萌音は慈愛に満ちた目で優しく見つめる。

「ふたりで大切に育てよう」

「はい」

我が子の頬を優しく指先で撫でていると、泣き声が止んだ。そして、スヤスヤと安心したように小さな寝息を立て始め、ほんのわずかに微笑んだ。恐らく、反射と呼ばれる現象だ。萌音が読んでいた出産準備本に書いてあったのを記憶している。けれど、我が子の笑みの破壊力は想像以上で。

俺は気付かぬうちに、我が子を見つめて笑みを浮かべてしまった。

「北斗さん、もうすっかりパパの顔ですね」

照れくささと幸福感。ふたつの感情がぐちゃぐちゃに絡まり合う。

そんな中、俺は萌音を、この子を……俺の家族を必ず幸せにしてみせると決意を新たにした。


萌音の出産から二か月が経った。

生まれた子には、一輪でも逞《たくま》しく咲く花のように強い女性になってほしいという願いを込めて、一花《いちか》と名付けた。まん丸の大きな目は萌音に似ている。母乳をたっぷり飲んでいるからか、体はムチムチだ。特に握った手はクリームパンのようで可愛らしい。グリグリと激しく頭を動かすので、後頭部にいつも髪の毛の毛玉ができてしまうと萌音は嘆いていたが、そんなところすらも愛おしい。

生まれてすぐは寝つきの良かった一花も、最近は夜中に度々目を覚ましてぐずるようになった。

「っ……ふぇっ……ふぇ……」

夫婦揃ってベッドに入り、深い眠りに落ちかけていたが、小さな泣き声でハッと目を覚ます。
ベッドサイドのランプのオレンジ色の明かりが、ぼんやりとベッドの周辺を照らしている。

「一花、どうしたの。お腹空いちゃった？」

俺を起こさないように配慮してか、萌音がベッドから抜け出して小声で囁《ささや》く。

俺が体を起こすと、萌音が驚いたようにこちらに目を向けて申し訳なさそうな表情を浮かべた。

「ごめんなさい、起こしちゃいましたね」

「いや、大丈夫だ。俺が一花をあやそう」

「ありがとうございます。でも、お腹が空いているみたいなので」

「……そうか」

父親である俺は、あやすことはできても母乳をあげることはできないため、潔《いさぎよ》く引き下がる。

「はいはい、ちょっと待っててね」

萌音はベビーベッドから一花を抱き上げ、ベッドに腰かけて慣れた様子で母乳を飲ませる。最近では泣いている理由を少しずつ見極められるようになってきたようだ。

「ふふっ、上手だねぇ。いっぱい飲んで大きくなるんだよ？」

萌音はすっかり母親の顔をしている。俺はその横に座り、一花の顔を覗き込んだ。
小さな口を一生懸命動かして母乳を飲む一花の姿に、愛おしさが込み上げてくる。
しばらくすると、萌音はベッドサイドの時計を一瞥《いちべつ》して言った。

「北斗さんは休んでください。明日もお仕事でしょ？」

「ああ。だが、萌音も最近まともに眠れていないだろう」

「そんなことありません。昼間は一花と一緒にお昼寝していますし」

萌音は否定するけれど、秋穂に聞いた話だと一花は相当なママっ子で、昼間は萌音にべったりらしい。さらにベビーベッドに下ろすと、かなりの確率で背中のセンサーが発動してすぐに目を覚まして泣き出すという。萌音は一緒に昼寝をしていると言うが、それほど眠れているわけではないはずだ。産後は疲れが溜まりやすいと聞いたことがある。俺がいるときぐらい、休ませてやりたい。

「そうか。じゃあ、一花の腹が満たされたら俺が寝かしつける」

「そんな！　お仕事で疲れてる北斗さんにそんなこと――」

「萌音が一花の母親であるように、俺は一花の父親だ。俺たちふたりの子なんだから、気を遣う必要はない」

「でも……一花、なかなか寝ないかもしれません」

萌音は申し訳なさそうに眉をハの字にする。

「心配するな。俺は萌音も知っての通り諦めが悪い。必ず寝かしつける」

自信満々に言うと、萌音がクスクスと笑った。

「ふふっ、そうでしたね。じゃあ、パパにお願いしようかな」

任せてもらえたことに安堵して、俺は小さく頷いた。

今までは誰かに頼ることをせず自分で抱え込む性格だった萌音だが、結婚してからはこうやって俺を頼ってくれる。彼女の特別な存在になれたということがなにより嬉しかった。

満腹になった一花が、再び両脚をバタバタ動かして泣き始める。

今度はどうやら眠くてぐずっているらしい。俺はそっと萌音の腕から一花を受け取り、まだ首の座っていない小さな体を横抱きにした。一花から漂《ただよ》う甘い香りに心が落ち着く。

「おやすみ、萌音。ゆっくり休んでくれ」

寝室を出てリビングに向かい、泣きじゃくる一花をあやすべくゆっくりと体を揺らす。

しばらく大泣きしたあと、一花は疲れ果てて眠ってしまった。

一花を抱いたままリビングのソファに腰を下ろして、目の周りの涙をガーゼで拭《ぬぐ》う。

「おまえは俺に似てなかなか頑固な奴だな。いや、もしかしたら萌音に似たのか？」

ふっと笑いながら柔らかい髪を撫でつける。スースーと寝息を立てる一花。その重みすら愛おしい。

自分の子供が生まれて、ようやく両親の気持ちが少しだけ理解できたような気がする。それに、一花が生まれて俺と萌音の繋《つな》がりはより強固なものになった。きっと、守らねばならない大切な存在ができたからだろう。

「なぁ、一花。来月の夜、ママを少しだけ貸してもらえないか？」

すると、「いや！」と言うように一花がビクッと体を震わせた。夢でも見ているのだろうか。様子を見ていると、「ふぇっ、ふえぇ……」と再び声を上げ、もぞもぞと脚を動かし始めた。

なるほど。一花は父親の俺に似て、ママを独占したい性分のようだ。

俺は再び立ち上がり、頑固な娘との我慢比べを始めた。

◇　◇　◇

一花が誕生してから、早三か月。

私は珍しくバッチリメイクをして長い髪を下ろして巻き、お出掛け用のロングワンピースに身を包んだ。こうやってオシャレをするのはずいぶん久しぶりだ。

出産してからはずっと子供中心の生活になっていた。四六時中、一花のことを気にかけて気を張る毎日。そんな私を見かねたのか、先日お義母《かあ》さんから『いっちゃんは預かるから、たまには夫婦水入らずで過ごしたら？』と、北斗さんとふたりで出かけるように提案されたのだ。

一花のことが気がかりだったものの、せっかくの申し出だったので、ありがたくお願いすることに決めた。

夕方になり、私たちの住むマンションに予定通り秋穂ちゃんとお義母《かあ》さんがやってきた。

「おじゃまします」

「お義母《かあ》さん、秋穂ちゃん、今日はわざわざありがとうございます。えっと、その荷物は？」

玄関でふたりを迎えながら、その両手の荷物に釘付けになる。

「これはね、いっちゃんのおもちゃよ。まだちょっと早いかもしれないけど。あと、赤ちゃんが喜ぶ絵本と、可愛いお洋服と、それから――」

お義母《かあ》さんは袋の中を見せながら説明する。

きっとこの日のために色々考えて用意してくれていたんだろう。久我家のみんなには本当にお世話になっている。

床上げまでの期間は、久我家のお屋敷の離れで生活させてもらった。

そのとき、お義母《かあ》さんやおばあさん、それに秋穂ちゃんは、慣れない赤ちゃんのお世話でてんやわんやの私を献身的に支えてくれた。お義父《とう》さんも遠慮がちに離れにやってきては『ちゃんと栄養とるんだよ』と私の好物を差し入れしてくれた。

ゆっくり体を休めることができたからか、産後の体調はすこぶるいい。特にお義母《かあ》さんは母親のいない私を常に気遣って、なにかと手伝ってくれる。結婚生活や育児には一切口を出さないけど、頼ればすぐに力を貸してくれる、本当にありがたい存在だ。

「いつもありがとうございます。今日は一花のことをよろしくお願いします」

「いいのよ。ずっと育児ばっかりじゃ息が詰まるもの。それに、いっちゃんと遊べて私も嬉しいわ。秋穂もいるし、安心して夫婦水入らずで羽を伸ばしてらっしゃい」

「はい。秋穂ちゃんもありがとう。よろしくね」

「任せてください。なんか今日の萌音さん、いつにも増して素敵です！　お兄ちゃん、また惚れ直しちゃうんじゃないですか？　ゆっくりしてきてくださいね！」

育児休業中の私に代わり、今も秋穂ちゃんは週五勤務を続けてくれている。以前働いていた従業員たちともうまくやっているらしく、評判も良い。つまみ細工教室は地域の広報誌に載り、たくさんの反響もあった。おかげで店は以前にも増して活気づいている。

私は、来月から一花を保育園に預けて仕事に復帰する予定になっている。また一緒に働けるのが今からすごく楽しみだ。

「一花、いい子にしててね」

秋穂ちゃんに抱かれた一花の頭を撫でて微笑むと、一花はキャッキャッと声を上げた。

最近では、私の顔を見ると声を上げて笑ってくれるようになった。でも残念なことに、北斗さんにはまだ笑いかけてくれないらしい。あれだけ育児に参加しているのだから、そのうち笑顔を見られるはずだ。そんな感じですくすくと元気に育つ一花の成長が、今の私にはなによりの楽しみになっていた。

ご機嫌の一花にホッと胸を撫で下ろし、玄関まで見送ってくれたお義母《かあ》さんと秋穂ちゃんに頭を下げて、私は家を出た。


マンションの前に停められたタクシーに乗り込み、行き先を告げる。

あいにく北斗さんは仕事で一度家に戻ってくる余裕がないらしく、現地で待ち合わせすることになった。

デートなんて本当に久しぶりだ。一花のことは常に頭の中にあるけど、今日だけはお言葉に甘えて、北斗さんとふたりきりの時間を堪能させてもらおう。

早く北斗さんに会いたいな……

結婚して一緒に暮らし始めてからも、北斗さんへの想いは増す一方だった。信じられないことに、まだ一度も夫婦喧嘩《げんか》というものをしていない。というのも、北斗さんへの不満が一切ないのだ。

彼は家事も育児も手伝うことではなく、常に自分が主体的にやることだと認識している。妊娠後期から今まで仕事を休んで家にいる私とは違い、彼には仕事があるというのにだ。極力負担にならないように私がしようとしても、北斗さんは先回りしてしまう。

しかも、北斗さんは早く帰宅するようになった。そのおかげで一花をお風呂に入れるのは北斗さんの日課になり、寝かしつけまで率先して行ってくれている。

だからといって、彼の仕事の量が減ったわけではない。秋穂ちゃんにコッソリ聞いた話によると、北斗さんの会社は業績をぐんぐん伸ばし、新規の受注が増えているらしい。

私と一花が眠ったあと、北斗さんが遅くまで書斎でパソコンに向かっているのは知っていた。

それなのに、休みの日には「今日の食事は俺が作る」と申し出てくれる。もちろん、後片付けまでセットだ。

文句のつけようがないどころか、申し訳ない気持ちになるぐらい完璧なのだ。北斗さんはいつも私の体を労《ねぎら》ってくれるけれど、逆に彼が倒れてしまわないか心配になる。それを口にすると、体力には人一倍自信があるから平気だと、いつもさらりとかわされてしまう。

他にも気がかりなことがある。

産後三か月が経った今も、北斗さんとセックスをしていないのだ。妊娠中はキスやハグなどのスキンシップがあったのに、産後はそういうことすらない。

最初は、私の体を気遣い我慢してくれているんだと軽く考えていた。

けれど、産後一か月健診のときに、医師から性交渉再開の許可が下りても、北斗さんは私に指一本触れようとしてこない。もちろん、同席していた北斗さんもその話を聞いていた。だからその日の夜、もしかしたら誘われるかもしれないとソワソワしていたのに、彼の態度に変化はなかった。

ふいにセックスレスという言葉が脳裏を過《よぎ》る。

子供が生まれてから妻を女性として見られなくなる男性が一定数いる、というものだ。

確かに出産したばかりの頃は性欲も減退していたし、一分でも一秒でも多く寝たいという気持ちが勝《まさ》っていた。けれど、一花を産んでから三か月が経った今は、少し心に余裕が生まれている。

肌を触れ合わせていなくとも、北斗さんからの愛を感じて心は満たされている。けれど、同時にまた以前のように熱く体を重ね合いたいという願望も湧き上がっていた。

そのことを彼に相談しようと思ったものの、デリケートな話題ということもあり、なかなか口に出せていない。

今日、なにかきっかけが作れればいいんだけど……。

駅前にある高級焼肉店の前に着き、ガラス張りの扉の前で彼を待ちながら、乱れた前髪を指で整える。この近辺は値段設定の高いお店が立ち並ぶエリアだ。店の付近を歩く人々は皆一様に洗練された雰囲気を纏《まと》っている。

そのとき、前方から同年代の男性がやってきた。

目が合うと、男性はふわっと優しげな瞳を私に向けて親密そうな笑みを浮かべる。

知り合いではないけど、そのままフイッと顔を背けるのは感じが悪い。私が小さく頭を下げると、男性が足を止めた。こちらに爪先を向けて、男性が口を開きかけた瞬間。

「――萌音」

背後から私を呼ぶ声がした。振り返るとそこにいたのは、北斗さんだった。

北斗さんは私のもとへ颯爽《さっそう》と歩み寄り、男性に見せつけるように私の腰を自分のほうへグイッと引き寄せる。

「俺の妻になにか？」

北斗さんは男性を牽制するように尋ねる。

「あっ、いえ……」

男性は気まずそうな表情を浮かべて足早に去っていった。いったいなんだったんだろう。

「待たせて悪かった」

そう謝る北斗さんの姿を改めて見て、私は目を見張った。

今日の彼は、体のラインに沿った高級感のあるネイビーのスリーピースを着こなしている。

ビシッと決まったスーツ姿の北斗さんに胸が高鳴った。スーツ姿は見慣れているはずなのに、どうしてだろう。結婚後も、私は彼の姿にいちいち胸をときめかせてしまう。それぐらい、男性としての魅力がありすぎるということか。

「いえ。私も今来たところです。お仕事お疲れさまでした」

にこりと微笑んだ私と目が合うなり、北斗さんはふいっと目を逸らした。

「あの、北斗さん？」

「今日は……なんだかいつもと雰囲気が違うな」

「ふふっ、北斗さんとデートなのでオシャレしてきました。変ですか？」

「いや、そんなことはない。よく似合っている」

もう一度私に視線を向けたものの、なぜか北斗さんはまた逸らしてしまい、頑なに私を見ようとしない。

もしかして、もう私に女性としての魅力を感じていないのだろうか？

だから、私を抱く気にならないのかもしれない……

「行こう」

北斗さんは私の腰に腕を回したまま店に足を踏み入れた。私は店内をぐるりと見渡して息を呑む。

重厚感のある上品な内装のその店はすべて個室で、洗練された雰囲気が漂《ただよ》っていた。

奥の予約席に通された私は、胸を弾ませながら席に着く。部屋ごとに専属ソムリエ兼焼き師が付いていて、すべてのサービスを担当してくれるらしい。さすがは超高級焼肉店。食べたいものを聞かれたけれど、こんな素敵なお店に来たことなどない私は、北斗さんにお任せすることにした。

慣れた様子で注文するその余裕そうな姿に、惚れ惚れしてしまう。

「お、美味《おい》しい……！」

さっそく提供された特選サーロインの焼き肉に、私は舌鼓《したつづみ》を打つ。口に含んだ瞬間、溶けてしまいそうなほど柔らかい。どの料理も頬が落ちそうなほど美味《おい》しかった。

ラグジュアリー感漂《ただよ》う素敵な店内で贅沢に食べて、幸せなひとときを過ごす。

こんな風にゆったりと食事をするのは久しぶりだ。いつも一花が寝ている間を利用して大急ぎで食事をとっていた。一花が泣き出せば北斗さんが抱っこしてあやしてくれるし、「ゆっくり食べろ」と言ってくれるけど、真面目で融通《ゆうずう》の利かない私はその言葉に完全に甘えることができないのだ。

それに彼が仕事で不在のお昼は、食事中に泣き出した一花をあやしてから冷めた料理を食べるのなんて日常茶飯事だ。

そんなことを考えていると、一花のことが気になってきた。

……一花、大丈夫かな。泣いてないかな。

母乳は事前に搾って用意しておいたものの、一花は哺乳瓶の乳首を嫌がるし、飲んでくれるか心配だ。秋穂ちゃんにメッセージを送ってみようかな。それとも――

「一花のことを考えているのか？」

北斗さんの言葉に、私はハッと顔を上げた。

「なんで分かったんですか？」

「なんとなくだ」

北斗さんは、以前から度々私の考えていることを先回りして言い当てることがあった。それだけ私のことをよく見ているということだろうか。

ありがたく思う一方で、なんだか恥ずかしくなる。

「萌音」

北斗さんが改まったように私を見つめた。

「いつもありがとう」

「えっ……」

唐突な彼の言葉に目をしばたたかせる。

「急にどうしたんですか？」

「いや、こういうときじゃないとなかなか……な」

口下手な北斗さんが一生懸命私に感謝の気持ちを伝えてくれていることに気付き、胸が熱くなる。

「こちらこそ、いつもありがとうございます。お仕事で忙しいのに一花の面倒も見てくれるし、家のことだって全部やってくれて……。私、北斗さんには感謝してもしきれません。それに、今日だってこうやってデートに連れ出してくれましたし」

「今日だけじゃなく、これからも時々ふたりで出かけよう」

「いいんですか？」

「当たり前だ。息抜きは大切だからな」

「……はい」

「本当はこのあと夜景を見に行こうと思っていたんだが、食べたら帰ろう。やっぱり俺も一花のことが気になる」

そう言って北斗さんが苦笑いを浮かべる。なにをしていても、頭の片隅には一花がいるのだ。

すっかり父親の顔になった北斗さん。彼と同じ気持ちを共有できる幸せが胸の中に満ちていった。

食事を終えて北斗さんとともにマンションに帰る。玄関のドアを開けると、お義母《かあ》さんと秋穂ちゃんが揃って私たちを出迎えてくれた。

「あの、一花は？」

リビングに入り、帰る準備を進めるお義母《かあ》さんに尋ねる。

「ちょうど今寝たところなの。お風呂も済ませてあるから、安心してね」

「ありがとうございます。あとこれ、良かったら皆さんで召し上がってください」

お礼を言って、事前に買っておいた有名店の和菓子を差し出すと、お義母《かあ》さんはキラキラと目を輝かせた。

「あらっ！　これ、私の大好物なの！　よく知ってたわね？」

「実は北斗さんに聞きました」

「嬉しいわ、ありがとう。でも、これからは気を遣わないでね。気軽にいっちゃんを預けてもらいたいから」

お茶でも飲んでいってくださいと言っても、お義母《かあ》さんと秋穂ちゃんは「気にしないで」とさっさと玄関に向かう。

その後ろ姿を追いかけつつ、北斗さんはふたりに声を掛ける。

「今日は悪かったな」

「全然！　萌音さんとふたりっきりで過ごしたいっていうお兄ちゃんのお願いだもん。聞かないわけにはいかないよ」

秋穂ちゃんの言葉に私は目を丸くする。

「えっ、北斗さんが……？」

夫婦水入らずでと提案してくれたのは、お義母《かあ》さんじゃなかったの？

不思議に思い、私は隣にいる北斗さんに視線を向ける。

「――秋穂。お前、余計なことは言うな」

北斗さんは苦虫を噛み潰したような表情を浮かべると、「下で迎えが待っている。気をつけて帰れよ」とふたりを玄関の外に追い出した。

「今日はありがとうございました……！」

「またね、萌音さん」

慌ただしく扉が閉められる。振り返ると、北斗さんは決まりが悪そうな顔をして、足早にリビングに向かう。私はすぐさま彼の背中を追いかけた。

「北斗さん、さっき秋穂ちゃんが言ってたことって本当ですか？」

リビングで顔を覗き込んで尋ねると、北斗さんは降参とばかりに小さく息を吐いた。

「……まったく。あいつは余計なことを。すまない。嘘をつこうとしたわけではないんだが、結果的にはそうなった」

「でも、どうしてそれを私に内緒にしていたんですか？」

直接ふたりで出かけようと誘ってくれれば良かったのに……

「俺とふたりで出かけるために一花をお袋に預けようと言えば、萌音が気を遣って遠慮すると思ったんだ。だから、お袋からということにしてもらった」

確かに、自分たちの都合で一花をお義母《かあ》さんに預けると提案されたら、申し訳ないと遠慮して断っただろう。どうやら彼は、私の性格を見越して秋穂ちゃんとお義母《かあ》さんに協力を仰《あお》いだらしい。

「そうだったんですね……」

「最近は育児ばかりでゆっくりする時間もなかっただろう」

「いつも気遣ってくれてありがとうございます」

「いや、礼なんていらない。むしろ、それは建前で……。俺がどうしても萌音とふたりきりで過ごしたかったんだ」

「北斗さん……」

少し照れくさそうに言う北斗さんの耳は、心なしか赤い気がする。私は背の高い彼の腰にそっと腕を回して、温かな胸に頬を押し付けた。

「嬉しいです」

結婚して子供を産んで母になった今も、北斗さんは私をこれまでと同じ……ううん、それ以上にひとりの女性として愛してくれているんだ。

一定のリズムを刻む彼の心臓の音を聞いていると心が満たされていく。

「今日、北斗さんとデートできてすごく楽しかったです。私、ますますあなたのことが好きになりました」

「それは、俺のほうだ。待ち合わせの店の前で萌音を見た瞬間、あまりに魅力的すぎてまた惚れ直した」

「本当ですか？　でも、その後全然私のほうを見てくれませんでしたよね？」

「綺麗すぎて、まともにおまえの顔が見られなかっただけだ」

「ふふっ、北斗さんってば。冗談を言えるようになったんですか？」

クスクスと笑う私の体を、北斗さんはギュッと抱きしめ返す。

「冗談なわけないだろう。俺の妻は世界一可愛い」

耳元で熱っぽく囁《ささや》かれた瞬間、心臓がトクンと高鳴った。今なら言えるかもしれない。

北斗さんだって照れながらも本心を伝えてくれた。

結婚するとき、言いたいことは自分の中に溜め込まずにちゃんと伝えようと約束した。

だから……

私はおずおずと彼から手を離した。

「あのっ……」

「なんだ？」

「一か月健診で……お医者さんに、性交渉を再開しても問題ありませんって言われたのを覚えていますか？」

「ああ、覚えている」

彼は冷静に頷く。私は意を決して自分の気持ちを打ち明ける。

「こんなことを言うのは恥ずかしいんですけど……私、また北斗さんとそういうことをしたいって思っていて……あっ、もちろん今すぐとかじゃないんです！　そういうのは、北斗さんのタイミングもあると思うので」

「萌音……」

表情の動かない北斗さんにジッと見つめられて、たまらず目を伏せてもじもじする。

「でも、もし嫌だったらハッキリ言ってください。やっぱりこういうのってお互いの気持ちが大切なので、無理はしないでほしいんです」

「萌音、顔を上げてくれ」

穏やかな声色だった。私は恐る恐る彼を見上げる。

「言いづらいことなのに伝えてくれてありがとう。……じゃあ、俺も本音を言ってもいいか？」

そう言って、北斗さんは微笑みながらそっと私の頬に触れる。私は緊張気味にこくりと頷いた。

ハッキリ言ってほしいとお願いしたのは私だけど、「したくない」と言われたらしばらく立ち直れない気がする。自分がそれほどまでに彼を欲しているんだと、改めて気付かされた。

「抱きたいか抱きたくないかだったら、抱きたいに決まっている。できることなら今すぐこの場で押し倒して、めちゃくちゃに抱き潰したい」

「へ？」

淡々とした口調であらぬことを言う北斗さん。彼の意外な反応に私は面食らう。

「萌音が妊娠してから今日まで、俺は毎日ギリギリの理性と欲望の間で戦っていたんだ。現に今だって必死だ」

「えっ、ちょっ、待ってください。だけど、産後北斗さんは私に指一本触れようとしませんでしたよね？」

「体が完全に回復していない状態だし、慣れない育児で大変だっただろう？　寝不足なのに俺に付き合わせるのは萌音の負担になると思って、我慢していたんだ。健診で夫婦生活を再開してもいいと言われたときは正直嬉しかった。でも、萌音がそれを望むまでは待とうと思っていたんだ」

「そうだったんだ……」

北斗さんも同じ気持ちでいてくれていたなんて……。

「実は私、もう北斗さんに女として見てもらえないのかもしれないって、不安になっちゃって……」

「そんなわけないだろう。さっきタイミングと言っていたが、萌音がいいなら俺は今すぐにでも萌音を抱ける。いや、むしろ抱かせてほしい。萌音はどうだ？」

「私だって……」

視線が熱く絡み合う。ようやく、ずっと心の中に巣くっていた不安が霧散した。

彼の瞳に隠しようのない欲情の炎がともるのに気付いて、心が喜びに震える。

「北斗さんに抱かれたいです」

私がそう言った途端、北斗さんの喉仏が上下する。

「それは、俺に気を遣っているわけではなく、合意ということでいいんだな？」

真面目な口調で尋ねる彼にこくりと頷くと、あっという間に唇を奪われた。

箍《たが》が外れたのか、飢えを満たすような濃厚な口づけ。私は彼の首に腕を回し、口の中に割り入ってくる彼の舌を、唇を開いて受け入れた。貪《むさぼ》るような荒々しいキスとともに、体を大きな手のひらでまさぐられる。

「んっ……んんっ」

北斗さんは呼吸を奪うような激しいキスを繰り返す。唇だけでなく、口内のすべてを求めるような熱烈な口づけだ。欲望のままに互いの唇を重ね合わせながら、寝室へ雪崩《なだ》れ込む。

すぐさまベッドに押し倒された私の上に、北斗さんが馬乗りになった。性急に脱いだスーツをベッドの下に放り投げ、荒い呼吸を繰り返しながらネクタイを緩《ゆる》める。

その男らしくて色っぽい姿を見ているだけで、体が切なく震えた。

「マズいな、まだキスしかしていないのに、興奮しすぎて痛いぐらいだ」

北斗さんはそう呟いて、わずかに顔を歪める。スーツのズボンが外から見ても分かるぐらいにぱんぱんに張り詰めていた。

「ようやく萌音を抱けるんだと思うと、興奮しておかしくなりそうだ」

あからさまな北斗さんの興奮を喜ぶように、下半身がずくんと疼《うず》く。

「もう我慢しないでください。いっぱい、して？」

「分かった。可愛い奥さんの期待に応えないとな」

どちらからともなく唇を触れ合わせ、その柔らかさを味わうように互いの唇を食《は》む。

北斗さんは唇の形に沿って舌を這わせたあと、その隙間に差し込み、淫《みだ》らに絡ませ合う。舐めて吸って、情熱的なキスが繰り返される。

時折互いの唾液が混ざり合い、くちゅっと卑猥な音がする。その音すらも楽しむように、彼は私の舌をちゅうっと吸い上げた。

「んふっ……」

自然と甘い溜息が漏れる。

北斗さんは私の体を抱きしめるように支えて、ワンピースのファスナーを下ろした。首筋に触れる彼の柔らかな髪の感触に、ぴくっと体を震わせる。ワンピースを引き下げられ、下着姿になった私を、北斗さんは伏し目がちに見下ろした。

視線が肌を這う。触られているかと錯覚するほどの射るような強い眼差しだ。

「初めて見る下着だな。もしかして、今日のために買ったのか？」

煽《あお》るような言葉に、一気に体の芯が熱くなる。

普段は授乳がしやすいように、カップを引き下ろして使えるクロスオープンの授乳用ブラを身に着けている。けれど、今日はフリルがふんだんにあしらわれた淡いピンク色の上下セットの下着を選んだ。出産後に胸が大きくなったというのもあるけれど、北斗さんの言う通り今日のために買ったものだ。彼とこうなることを、私は心から待ち望んでいたのだ。

こくりと頷くと、私の気持ちが伝わったのか、彼は優しい目で見つめる。

「そんなに俺としたいと思ってくれていたのか」

北斗さんは満足げに零すと、私の首筋に顔を埋《うず》める。

私は慌てて彼を制止した。

「ほ、北斗さん！　あのっ、電気を……」

「なぜだ。一年ぶりだぞ？　萌音の全部を見せてくれ」

「だけど、私……出産後も体重が落ちていないんです！　お腹のお肉だってすごいし、それに……」

妊娠中もクリームを塗って気を付けてはいたけれど、下腹部に妊娠線が入ってしまった。それを見られるのが恥ずかしい。胸はもちろんのこと、お尻だって大きくなっている。それを見られて幻滅されるかもしれないと考えると怖い。どうしても、妊娠前とは違う自分の体に自信が持てないのだ。

体を見られないように、自分を抱きしめるように腕を回す私のおでこに、北斗さんは優しくキスを落とした。

「そんなこと気にしない。それに、俺の子を産んでそうなったんだ。これほど嬉しいことはないだろう」

「だけど……」

私が渋っていると、彼が私の手のひらをそっと自分の下半身に導いた。

「――どうだ」

「……すごい……大きくなってる……」

苦しそうなぐらい膨れ上がっている股間を、ズボンの上から手のひらで優しく擦《さす》る。すると、それがさらに硬度を増していく。

「これで分かったか？　俺が今、たまらないほど萌音に欲情していると」

「嬉しい……」

布越しでも感じるその熱に、私は喜びで打ち震える。妊娠出産を経て母になった私を、女として
こんなにも強く求めてくれるなんて……

私はゆっくりと体を起こしてベッドに正座をすると、北斗さんに手を伸ばした。

「萌音？」

「私にさせてください」

「いや、無理しなくていい」

「無理じゃありません。私がしたいんです」

彼のワイシャツのボタンをひとつずつ外していきながら、私は強引に事を進める。

「脱がせてもらうのもいいものだな」

愉しそうな北斗さんとは対照的に、私は心臓が口から出そうなほどドキドキしている。自分から
積極的にしたことがなかったのでうまくできるか自信はないが、今はとにかく彼を喜ばせたい。

ワイシャツを脱がせ、北斗さんをベッドに横たわらせた。先程彼が私にしていたように、今度は
私が馬乗りになり、唇に口づけを落とす。ちゅっちゅっと音を立ててキスをしたあと、彼の首筋を
唇で食《は》んだ。いつもされているみたいに、舌先で首筋をなぞる私の髪を北斗さんが撫でる。

「ふっ、一生懸命で可愛すぎる」

体をピクリとも反応させずに、クスッと笑われる。どうしてそんなに余裕なの？

私は北斗さんに同じことをされると、膝をすり合わせてしまうぐらい疼《うず》きを感じるのに……

「あまり気持ち良くないですか？」

「いや、気持ちいい」

口ではそう言っていても、北斗さんは涼しげな顔をしている。どうにかして、彼の余裕をなくしたいと思った私は、筋肉のついた胸板に指を滑らせた。胸の頂《いただ》きには一切触れず、その周りだけを指先でなぞる。

「俺を焦らしているのか？」

北斗さんはまだ余裕のある表情をしているけれど、私のほうが先に余裕を失い彼の胸の頂《いただ》きをぱくっと口に含んだ。

柔らかく食《は》みながら舌先で優しく転がすと、北斗さんはわずかに吐息を漏らした。

愛しい夫を感じさせている愉悦が胸を衝く。

さらなる快感を与えるべく、北斗さんのズボンに手をかける。ベルトを外したタイミングで彼はわずかに腰を持ち上げ、脱がせる手助けをしてくれた。そして、黒いボクサーパンツ姿で仰向《あおむ》けに寝転ぶ。下着を盛り上がらせるその剛直に思わず息を呑む。

私は下着越しに熱い屹立に触れた。

痛くしないように注意しながら、下着の上からそっと彼自身を扱《しご》く。布越しにも張り詰め、熱を帯びているのが分かる。手のひらに力を込めて上下に擦《こす》ると、彼の欲望が私の手の中で滾《たぎ》り、これ以上ないほどに膨れ上がった。

「……っ」

北斗さんの表情がほんのわずかながら切なげに歪んだ。その表情にゾクゾクして胸が妖しくときめく。

勢いづいた私は、ボクサーパンツに手をかけ一気に引き下げた。

飛び出してきた目の前の太くそそり勃つ屹立の迫力に目を奪われる。

先端の割れ目からは、透明な先走りが溢れ出ている。何本もの血管の浮いた長い竿をそっと手のひらで包み込み、そのまま上下にゆっくり扱《しご》く。

動かす度に剛直は天井を向いてびくびく脈打ち、手のひらに張り詰めた熱を感じた。

「……っ」

「気持ちいいですか……？」

「ああ」

北斗さんが悩ましげな息を漏らす。その反応を見た私は、すかさず彼の脚の間に移動した。

「萌音、もういい」

私がなにをしようとしているのか悟ったのか、北斗さんが制止する。それでも私は抗い、彼の丸い膨らみに舌を伸ばした。

チロチロと尖らせた舌先でてっぺんを舐めると、「くっ……」と彼が切羽《せっぱ》詰まった声を漏らした。

先端から溢れた透明の液体を舌先で掬《すく》い、彼を味わう。口の中にかすかな塩味が広がる。

自分から男性を攻めた経験はない。どうやったら北斗さんが悦《よろこ》ぶか分からず、手探り状態だけど、彼を喜ばせたい一心で動いている。

ひとまず他の部分には一切触れず、焦らすように先端だけをれろれろと舐め続けた。

これまで彼に抱かれて、快感を植え付けるには焦らすのが効果的だと知った。感度が数倍……いや、数十倍にも跳ね上がるからだ。

「萌音……」

たまらず彼が私の名前を呼び、快楽の吐息を漏らした。

反応を見ながら、膨れた先端を口に含み、平たくした舌で丸みを舐め上げ、くびれに舌を巻きつける。

「くっ……舐めながらそんなエロい顔をされたら……っ、我慢できなくなる」

北斗さんの悩ましげな声に、自身の興奮が高まっていくのを感じる。もっともっと彼を感じさせたい。

私は一度唇を離して、肉幹に浮き出た血管に沿ってゆっくりと根元から舐め上げた。

それを繰り返したあと、浮き出た血管を食《は》むように唇で優しく吸い上げる。

「っ……はぁ……」

北斗さんの辛そうな表情に、子宮の奥がキュンと疼《うず》く。

私のほうが我慢できなくなり、彼のモノを喉の奥深くまで一気に咥え込んだ。

裏筋に舌の腹を押し付けるようにして、上下に頭を振る。

「っ……」

舌全体を使って丹念に愛撫すると、北斗さんは低い声で呻《うめ》いた。

側面に舌を絡ませながら、夢中になって彼の剛直をしゃぶる。それは本当に大きくて、とてもではないけれど口に入りきらない。唇をすぼめてできる限り彼を呑み込みながら、根元を右手で擦《こす》り上げる。

唾液が唇から溢れ出て、屹立を淫《みだ》らに濡らす。根元を扱《しご》くとくちゅくちゅと淫《みだ》らな水音が響く。

北斗さんの息遣いが荒くなり、熱が混じる。

感極まったその呼吸音に背筋がぞくぞくと震え、私の刺激を喜ぶように肉棺が反り返った。

無我夢中になって口と手で彼に快楽をもたらすと同時に、こんなにも勇ましいものが自分の中に侵入してくることを思い浮かべる。それだけで媚肉がきゅんと蠢《うごめ》いて、新たな蜜を滴《したた》らせた。

「萌音……、もう……っはぁ……」

北斗さんの腹筋に力がこもる。剛直が小刻みに脈打ち、口の中で張り詰めていくのを感じた。

「ダメだ、もう持たない」

すると、快感を逃がすように北斗さんが体を起こした。

身をよじって腰を引かれ、剛直から唇が離れる。

「もういいんですか……？」

「ああ、十分だ。萌音に攻められるなんて最高だな」

北斗さんは労《ねぎら》うように私を引き寄せて、大きな手のひらで髪を撫でる。

「今度は俺が萌音を気持ち良くする番だ」

耳元で官能的に囁《ささや》かれて鼓動が一気に速まった。

北斗さんは私のブラを器用に外し、ベッドに押し倒した。

そして、指先で体の線をなぞっていく。触れるか触れないかの絶妙なタッチに、感度が高まる。

「んっ……」

「どうした？　脚が動いているぞ。早く気持ち良くなりたいのか？」

「やっ……」

甘い囁《ささや》きに脳が痺れて下腹に疼《うず》きが溜まり、呼吸が荒くなる。

胸のてっぺんは空気に触れただけでツンと硬くなり、まだ触られてもいないのに期待で打ち震えていた。

「たまらない。俺の妻はどんどんエロくなるな」

北斗さんの言う通り、これからもたらされるであろう甘美な刺激を想像するだけで、私は信じられないほどに興奮してしまっている。

「あっ……んっ……」

たわわな乳房を下から持ち上げるように優しく揉みしだかれて、歓喜に喘ぐ。

北斗さんは胸を揉みながら、敏感になった先端を親指で摩《さす》るようにあやした。溜まっていた快感が弾け、ビクンッと体を震わせる。

「綺麗だ……。ここ、舐めていいか？」

胸の先端にふっと熱い吐息がかかる。私は頬を赤らめながらコクコクと頷く。許可を取り付けた彼は、吸い寄せられるように私の先端を口に含んだ。

「あぁん……！」

瞬間、腰が跳ねる。妊娠出産を経て、一年ぶりにもたらされる快感は強烈だった。

尖らせた舌先で弾かれ、包み込むようにしゃぶられて目の前に火花が飛び、ビクビクと体を震わせる。

「あぁ……そこ……あぁっ、気持ちいぃ！」

待ち望んでいた快感にはしたなくむせび喘ぎ、北斗さんに女としての悦《よろこ》びを刻み込まれる。

こんなにも淫《みだ》らな姿を晒《さら》すことに恥じらいを感じる一方で、そんな自分自身に興奮した。きっとこんなにもいやらしい私を彼ならば受け入れ、丸ごと包み込んでくれると信じているから。

「あっ、ダメ……ああっ」

あまりの気持ち良さに痙攣《けいれん》が止まらない。

もっと激しくしてほしいと思う気持ちと、これ以上されたらおかしくなるという相反する気持ちがせめぎ合う。そんな中、唐突に彼の唇が離れていった。

「北斗……さん？」

「すまない。つい夢中になってしまった。このぐらいにしておくか。胸はあまり触られたくないだろう？」

「え？」

「この間、萌音が買った雑誌で読んだんだ。一花に母乳をあげているから嫌だろうと思った」

確かに毎月子育ての参考に育児雑誌を買っているけど、北斗さんも読んでいたなんて知らなかった。あの雑誌には、授乳期に旦那に胸を触られると嫌悪感を抱いてしまうというママの投稿があった。そのせいでレスになりそうだと……

なるほど。だから、「舐めていいか？」と先に私にお伺いを立てたのだ。

そんなときに私が「ダメ」と言ったから、気を遣わせてしまったんだろう。

「ここで無理をさせたくない。俺はこれからも萌音を抱きたいし、嫌がることはしたくないんだ」

「レスになったら困りますか……？」

私はおずおずと尋ねた。今までの私は特に性欲の強いタイプではなかったけれど、北斗さんと出会ってからセックスに対しての考え方が変わった。私にとってのセックスは、快感に身を委《ゆだ》ねるだけでなく、互いの愛を伝え合う大切な行為だ。

北斗さんと体を重ねると、心も体も幸福感に満たされる。彼が望んでくれるなら、私はいつまでもこうやって深く愛し合いたい。

「当たり前だろう。だから、萌音がしたくないことは我慢する」

「北斗さん……」

「だが、俺はおまえを愛しているし、傍にいたらどうしたって触れたいと思ってしまう。だから、もし嫌なことがあったら我慢せず言ってくれ」

そのひとつひとつの言葉に彼の気遣いを感じる。切実な表情を浮かべる夫に、私はそっと微笑んだ。

「産後は性欲がなくなるってよく聞くけど……私はありますよ。正直に言うと、ずっと北斗さんに抱かれる日を待ち望んでいました」

「本当か……？」

彼の瞳に力が宿る。

「はい。だから、全然嫌じゃありません。むしろ……今日はたっぷり愛してください」

「まったく、俺の妻はなんて可愛いんだ」

北斗さんは薄《うっす》らと笑みを浮かべ、私の頬を撫でた。

「だが、煽《あお》ったのは萌音だからな。もう後戻りはできないぞ」

北斗さんはそう宣言すると、私のショーツに手をかけて荒々しく剥《は》ぎ取った。互いに生まれたままの姿になり、彼は私の横に寝転び抱きしめながら唇を奪う。

「んっ……はぁっ……ん」

貪《むさぼ》るように唇を押し付けてきたかと思えば、強引に口内に舌を差し込んで蹂躙《じゅうりん》する。互いの唾液が混ざり合うほど強烈なキスの雨に、自然と甘い吐息が漏れた。

疼《うず》きを逃がすように膝を擦《す》り合わせる私の太ももの間に、北斗さんが脚を挟み込んだ。互いの脚がベッド上で淫《みだ》らに絡み合う。彼は私の臀部を鷲掴《わしづか》みにして揉みしだきながら、腹部に燃え滾《たぎ》った肉棒をぐいぐい押し付けてくる。

肌と肌をすり合わせているだけなのに、官能が湧き上がりたまらない気持ちになる。今すぐ彼の剛直で貫いてほしい衝動に駆られた。

それを見越したように、北斗さんが私の唇を解放すると、ツーッと互いの唇から糸が引いた。そして、私のお腹からお臍《へそ》、下半身へと唇を徐々に下に滑らせていく。くすぐったい感触に身をよじると、ぐっと脚を左右に開かされた。羞恥《しゅうち》に膝を閉じようとするも、彼の手がそれを阻む。

内腿を食《は》まれ、脚の付け根を舌先でツーッと舐められる。中心を外して愛撫を繰り返されたせいで、下腹部がもどかしくじんじんと疼《うず》く。早く敏感な部分に触れてほしい。けれど、明るい部屋の中で彼に見られてそこをいじられる羞恥心《しゅうちしん》はまだ残っている。

悩ましい感情が絡まり合い、私はたまらず声を上げる。

「やっ……北斗さ……ん……」

限界まで焦らしたあと、北斗さんは脚の間に顔を埋《うず》めた。熱い吐息が敏感な部分に当たり、反射的に脚を閉じようと力を込める。

「そんなに力を入れたら舐められない」

「でもっ……」

「ここ、舐められるの好きだろう?」

北斗さんは色っぽく言って、私の両膝を掴《つか》み、胸につきそうなほど持ち上げた。

「いやらしい萌音のここが丸見えだ」

「やぁ……っ」

「すごいな。まだ触っていないのに、もうトロトロだ」

熱い視線を浴び、恥ずかしさ以上の興奮を覚える。

「舐めて綺麗にしないとな。萌音、脚を押さえて」

北斗さんは、押し広げた両膝を自分で押さえるように言う。私は涙目になりながらも素直に従った。

整った顔が秘部に近付く。ちゅうっと蜜口にキスされた瞬間、私は目を瞑《つぶ》って艶《なま》めかしく歓喜の溜息を吐いた。期待した秘部がじくじくと疼《うず》く中、彼は親指で肉の割れ目を開き、柔らかな舌を伸ばした。

「ああんっ……」

彼は外まで溢れた蜜を掬《すく》い取り味わうようにゆっくりと舐め上げた。柔肉の内側をねっとりとしつこく刺激されて愉悦に喘ぐ。

「あっ、あぁっ……」

さらに敏感な肉芽を唇で挟み込み、絶妙な力加減でちゅっちゅっと音を立てて吸い上げられる。

その官能的な刺激に、体の奥底からトロトロの蜜が溢れ出した。

かと思えば、平らになった舌先で優しく舐め上げられ、膣内が悩ましい収縮を繰り返す。

「あっ、そこ……あっ……もっと……もっとして……っ」

「もっとどうしてほしい？」

「もっと……強く……舐めてっ……」

熱に浮かされたみたいにあられもないことを口走る。すると、北斗さんは私のリクエスト通りに花芯を舌で弾いた。全身がびくんと震える。

「あっ、ああ、いい……それっ、気持ちいい……っ」

膨れた花芽を同じテンポで刺激されていると、太ももが小刻みに震え出す。刺激されて硬く充血した花芽は、今にもはち切れそうなほどに熱を帯びている。頭の中は気持ち良さでいっぱいで、なにも考えられない。

「あっ、ダメ……イっちゃいそう……あぁっ！」

私は甲高い声で喘ぎ続けた。北斗さんはそれでも力加減を変えることなく、的確に私の弱い部分を舌先で攻め立てる。

「ああっ……イクッ……！」

腰がブルッと震えた。一気に押し寄せてくる快感の波にさらわれ、私は一気に高みへと上り詰めた。秘肉が蠢《うごめ》き、花芯が痙攣《けいれん》する。

「……はぁ……。まだ足りない……もっと、萌音の中を舐めたい」

彼の目には確かな欲情が滾《たぎ》っている。

「えっ……？　ま、待って……」

間髪を容れず、今度は北斗さんの舌がビッショリと濡れそぼった穴に差し込まれた。ちゅぷっと私の中に彼の舌先がめり込んでくる。

「ああっ……そんな……」

ぐっと力のこめられた舌先が私の中へ進む。溢れた愛液と彼の唾液が混ざり合い、ぐちゃぐちゃと淫靡《いんび》な音が広がった。

「あぁ……なにっこれ……、やぁ……っすごい……っ」

「これが好きか？　俺の舌をギュッと締め付けてくるぞ」

「だってっ……あんっ、……気持ち良くて……っ」

膝を抱く手に力がこもる。

すると、奥まで差し込まれた舌はぬぽぬぽと抜き差しを始めた。

「あっ……それっ、あぁ」

呼吸が速くなり心拍数が上がる。

「あっ、またイっちゃう……！　あぁぁああ!!」

激しい快感に身悶えて喘ぎ、体を弓なりに硬直させて二度目の絶頂を迎える。

「いい子だ。またイけたな」

舌が引き抜かれるものの、強い快感を刻み込まれた秘穴はいまだにひくひくと痙攣《けいれん》している。

北斗さんは、涙目になりながら肩で息をする私に軽くキスをした。

「どうした。へばるのはまだ早いぞ。たっぷり愛してほしいんだろう？」

彼は煽《あお》るように言って、今度は秘部に長い指を延ばした。陰唇をなぞるように彼の指がゆるゆると滑る。トロトロに滴《したた》る蜜を掬《すく》い上下に擦《こす》られただけで、肌が震えた。

長い中指がゆっくりと差し込まれ、自然と脚に力がこもった。

潤んだソコは彼をあっという間に呑み込んだものの、ほんのわずかに違和感がある。

「痛いか？」

「大丈夫……です。痛くはありません」

「分かった。だが、念のためしっかりほぐしておこう」

北斗さんはたっぷり時間をかけて丁寧な愛撫を繰り返した。産後初めてということもあり、痛みを感じるかもしれないと心配していたけれど、北斗さんがたっぷり濡らしてくれたおかげでもう痛みはない。それどころか、彼を求めるようにアソコがジンジンと熱くなっている。

奥まで差し込まれた指が膣の上壁を撫で、それと同時に親指で陰核も刺激される。

指先がざらつく部分に触れた途端、頭の奥が痺れた。

「あっ、ああ……。ダメッ、声が出ちゃ……」

突き抜けるような快感に、私はたまらず彼の逞《たくま》しい腕に縋《すが》りつく。

「イかせていいか？」

フルフルと頷くと、北斗さんは私の唇を奪った。

「んんっ……」

甘くくぐもった喘ぎ声が室内に響く。彼の指のピストン運動が速くなる。

「んっ、んんーー！」

ピチャピチャという水音が大きくなった瞬間、甘く切ない快感が全身を駆け巡った。

脚にピンッと力がこもり、頭の中が真っ白になる。

「萌音……もう限界だ。おまえが欲しくてたまらない」

北斗さんは、全身の力が抜けた私を愛おしげに見つめて髪を撫でると、チェストの奥から四角い箱を取り出してパッケージを破いた。

「避妊、するんですね？」

「ああ。俺と萌音は相性がいいからな。またすぐに子供ができるかもしれない」

その言葉に同意する。今まで、避妊具はつけなかったものの中に出すことはしなかった。それなのに、一花を身ごもったのだ。

「あの生殺し生活はしばらくご免だ」

暗い顔で呟く北斗さん。今まで相当な我慢を強《し》いていたようだ。

「――というのは冗談だ。ふたり目のことは、きちんと話し合ってから決めよう。これから萌音の職場復帰もあるしな」

「そうですね。ただ、いずれは竜星組の跡取りになる男の子が必要なんですよね……？」

一花が生まれたとき、久我家は全員大喜びだった。でも、口には出さずとも北斗さんもご両親も、いつかは久我家の跡継ぎになる男児を望んでいるんだろうと思っていたのだけど……。

「気負う必要はない。今の時代は、血縁関係のある人間だけが跡を継ぐわけではないからな。それに俺は、自分の子供を極道にしたいとは思っていない」

「えっ、そうなんですか……？」

意外な彼の言葉に驚く。

「俺は自《みずか》ら極道の道を選んだが、子供には子供の人生がある。やりたいことをやって自由に生きてほしい」

「北斗さん……」

「一花だってどう生きるかは自由だ。呉服屋を継ぎたいと言うならそうすればいい。そうなれば萌音も安心だろう？」

北斗さんの本音に触れ、心に灯がともる。子供が呉服屋を継ぐかどうかは本人の意思に任せるけれど、店の未来のことまで考えてくれていたなんて……

そこまで言うと、彼は避妊具を自身に取り付け、先端で溢れ出る蜜を掬《すく》い取りながら入り口にあてがった。

「萌音、挿《い》れるぞ」

大きくそそり勃った先端がぬるりと押し入ってくる感触に息を呑む。

きっとまだ半分も入っていないだろう。わずかな膣内の引きつれに、緊張で両脚に力がこもる。

彼に抱かれることを望んでいたはずなのに、いざその瞬間になるとやっぱり緊張してしまう。

思わず身を固くすると、それに気付いた北斗さんが動きを止めて心配そうに私を見つめた。

「つらいか？」

怒張したソレをヌポッと引き抜かれるけれど、いまだに彼のソレは、はち切れんばかりに天井に向かって反り返っている。

最後にセックスをしたのは、一年以上前だ。妊娠が発覚してから今日まで、北斗さんは欲望を抑え込んでくれていた。いくら彼が理性的な男だとしても、これ以上我慢させるなんて酷な仕打ちをするわけにはいかない。それになにより、私自身が彼と結ばれることを望んでいた。

どんな痛みがあろうと、その先にはそれを凌駕《りょうが》するほどの快感が待っている。

「大丈夫です。挿《い》れてください」

「……分かった。無理するなよ」

グッと彼の腰に力がこもる。わずかに割り入る屹立は、膣壁を押し広げるように浅いストロークを続ける。

数センチ入っては出て、再び押し入ってくるという動きを繰り返す。すると、蜜口の辺りの感覚が徐々に変化していった。

引きつれたような違和感は消え失せ、代わりに疼《うず》くような快感が広がっていく。

「……っ、入ったぞ……」

隘路が熱い塊で満たされる。私の上で艶《なま》めかしい吐息を零す北斗さんの色気が凄まじい。

痛みは想像よりもずっと少なかった。案ずるより産むがやすし、というが、それは産後のセックスも同じようだ。

「まずいな。少しでも動いたら、果てそうだ」

珍しく、熱を帯びた興奮気味な口調だった。湧き上がる情欲を隠すことなく、北斗さんは熱い吐息を吐き出す。

射精欲を必死に堪《こら》えるその姿がたまらなく愛おしくて、私は彼の首にギュッと抱きついた。

それを合図にしたかのように、北斗さんは緩《ゆる》やかに腰を振り始めた。角度をつけて膣壁の上部を擦《こす》られると、一年前の官能が再び呼び起こされる。

「萌音、腰が動いているぞ？」

「やっ……言わないで……」

確かにその言葉通り、彼の動きに合わせて自然と淫《みだ》らに腰が動いてしまう。

「気持ちいいか？」

「……は……いっ。おかしくなりそう……」

何度も高められた蜜襞が収縮して、秘部から透明な液体が吹き零れる。

「ああっ、気持ちいい……！」

私に痛みがないことを知るなり、北斗さんは欲望の塊で最奥を抉《えぐ》った。

硬く大きくなった彼の先端が子宮をゴリゴリと攻め立てる。肉棒を抜き差しされる度に互いの肉と肉がぶつかり合い、ぐちゃぐちゃと淫靡《いんび》な音を響かせる。

「あっ……ああ……っ……」

北斗さんの動きに合わせて胸がブルンブルンと大きく上下する。肌は汗ばみ、桃色に染まる。

喜悦に満たされ甲高い嬌声を上げ続ける私の胸を、彼は鷲掴《わしづか》みにして両手で揉みしだいた。

欲望のまま指が沈み込むほどもみくちゃにされ、我を忘れて喘ぐ。

「まっ、待って……あっ、ああっ!!」

胸への愛撫とともに肉槍が膣内の愛液を攪拌《かくはん》して、ぐちゅぐちゅと卑猥な音を立てる。

「ダメだ、待たない」

「やっ、ああっ！」

北斗さんは腰の動きを止めることなく私を突き上げ、胸の先端を食《は》んだ。

「はぁっ……っ、あぁ……」

欲望のままに硬くなった頂《いただ》きを舌先で転がされて、ひと際高い嬌声を上げる。さらに抽挿しながら指で花芯を嬲《なぶ》られて限界が見えてきた。

「ダメッ……また……イっちゃいそ……う」

勢いよくせり上がってきた快感が弾けそうになり、ビクビクと膣壁が痙攣《けいれん》する。

「萌音、そんなに締め付けるな」

「だって……北斗さんの大きくて気持ちいいから……」

それだけでなく、北斗さんは的確に私のいい場所を探り当て、そこばかりをグリグリと鬼のように攻め立てるのだ。

「まったく。おまえは俺を煽《あお》る天才だな」

私の中で彼のソレがさらに大きくなる。

至近距離で私たちは熱く視線を絡ませ合った。

「……北斗さん、好き。大好き……」

普段なかなか言えない愛の言葉を囁《ささや》くと、北斗さんがそっと私の頬に触れた。

「俺も、萌音を愛している」

どちらからともなく吸い寄せられるように唇を重ね合わせる。

「んっんん！」

激しいキスの雨を降らせながら、北斗さんが再び腰を揺する。結合部からはじゅぷじゅぷと音を立てて泡立った愛液がお尻の下まで流れ出し、シーツを濡らす。

果てしない快感の波に襲われ、私は必死に彼にしがみついた。

「あっ、もっ、だめぇ……イくっ、イっちゃう……！」

快感の頂点に達するべく、北斗さんは腰を振りたくる。痺れるような快感が全身を満たす。

呼吸もままならぬほど強烈な突き上げに、私は悲鳴に似た嬌声を上げた。口や指で達したときとはまた違う、奥からなにかが一気に込み上げてくるような気配がする。

「あっ、ああぁああ!!」

「くっ……」

北斗さんが低く唸《うな》るのと同時に、私は絶頂を迎えた。彼は体をぶるりと震わせると、中に一気に精を放つ。ドクンドクンと屹立が激しく脈打っている。それを肉壁は深く食《は》み、精を絞り出すかのように締め付けた。

抱きしめ合って呼吸を整えていると、北斗さんが深く息を吐いた。

「抜くぞ」

そう言って、私の中から自身を引き抜く。

ズルンと抜けたその先端には、白濁した液がたっぷり注がれた液溜まりがぶら下がっている。

それを処理すると、北斗さんは息も絶え絶えにベッドで仰向《あおむ》けになる私に熱い視線を向けた。その手にはなぜか未開封の避妊具が握られている。

「萌音」

私を見下ろす北斗さんの下半身は萎えることを知らず、いまだに張り詰めて反り返っている。

「まだ抱き足りない」

彼はまるで飢えた野獣のようにギンギンと欲情を滾《たぎ》らせて言う。

驚きつつ怒張したソレを見つめていたものの、私の子宮もこの先の展開を期待してキュンと疼《うず》いた。

何度も果てたはずの私も、同じように彼を求めていたのだ。

「私も……まだ北斗さんに抱かれていたいです」

この晩、北斗さんは私を何度も貫き、これ以上ないというほどに重たく深い愛を心と体に刻み込んだのだった。


時刻は夜中の一時。珍しく一花はぐっすりと眠っているようで、一度も泣き声は聞こえていない。

何度も達した体は、心地よい疲れに満たされていた。

北斗さんに体を預けながら、私は甘い余韻に浸って目を閉じる。

「幸せだなぁ……」

うわごとのように言う私の頭を引き寄せて、彼は優しく抱きしめる。人肌のぬくもりが気持ち良くて、ついこのままベッドで眠ってしまいたい衝動に駆られる。けれど、汗や体液にまみれたまま眠るわけにはいかない。それに、メイクだって落としたいし、歯磨きもしなくちゃ。

疲れてウトウトする私を、北斗さんはお風呂場まで連れて行き、髪だけでなく体の隅々まで丁寧に洗ってくれた。

一花がいつ目を覚ますか分からないから、長い時間一緒にお風呂に入るわけにはいかないと、北斗さんは私を洗い終えるとさっさとお風呂場を出て行く。

一花の眠るベビーベッドの傍には、北斗さんたっての希望で購入したベビーモニターと呼ばれる赤ちゃん用カメラが設置されている。離れた場所にいても、映像と音声を同時に確認できる優れモノだ。もちろん、それを確認するモニターは北斗さんが肌身離さず持っているし、一花が泣けばすぐに分かる。

彼は意外と心配性なのだ。自分のケガや体調には無頓着なのに、私や一花のこととなると態度が一変する。それは、きっと私たちへの愛が故《ゆえ》だ。

私はお風呂を出ると、授乳がしやすい前空きのパジャマを着る。そのタイミングで脱衣所に北斗さんが顔を覗かせた。彼は当たり前のようにドライヤーを手に取り、私の髪を乾かし始める。

「北斗さん、これぐらい自分でできます。お風呂に入ってちょっと目が覚めたので」

「俺がしてやりたいんだ。気にするな」

そう言う北斗さんを、鏡越しにジッと見つめる。

食事中はカチッと決めていた彼の髪が、今は無造作に下りている。抱かれているとき、無我夢中で頭をかき抱いたせいかもしれない。けれど、そんな姿にも色気を感じてドキッとしてしまう。結婚してもまだ、私はこうやって胸をときめかせてしまうのだ。

目が合うと、北斗さんは「ん？」と不思議そうな顔をして首を傾げる。

Ｔシャツの袖から覗く勇ましい刺青《いれずみ》と、きょとんとしたその表情のギャップにくらくらする。

ああ、私はこの人を愛してるんだと心の底から実感した。

「やっぱり、北斗さんってスパダリすぎませんか？」

結婚して子供を産んでママになった私を、今もこうやって存分に甘やかしてくれるなんて。

「スパダリ？　前にも同じことを言っていたな。それは一体なんだ？」

北斗さんが尋ねたとき、ベビーモニターから一花の泣き出す声が聞こえた。

「さすがに起きたか。一花のところに行ってくる」

「そろそろおっぱいの時間かな。私もすぐ行きますね」

「ああ」

ちょうど私の髪を乾かし終えた北斗さんはドライヤーを片付けて、一足先に一花のもとへ向かう。

私も大慌てで片付けを済ませて、一花の眠る寝室の扉を開けた。

「一花、お待たせ。お腹空いたよね？」

部屋の中では、北斗さんが一花を慣れた手つきで抱っこしてあやしていた。

「北斗さん……？」

北斗さんは一花を優しい眼差しで見つめて、今まで見たことがないようなとびっきりの笑みを浮かべていた。

それに応えるように、一花はキャッキャッと声を出して脚をバタバタさせて喜ぶ。

「萌音、見てくれ！　一花が俺を見て初めて声を上げて笑ったんだ」

心底嬉しそうな彼の笑顔につられて私まで笑顔になる。

「一花、おまえはママに似て本当に可愛い奴だ」

たまらないとばかりにそう漏らす北斗さん。私はそっとふたりの傍へ歩み寄る。

私の目の前には、不器用だけど誰よりも強く優しい夫と可愛い娘がいる。

その幸福を噛みしめながら、私は愛する家族をギュッと抱きしめた。

愛され乱される、オトナの恋。溺愛主義の恋愛レーベル

BOOKS Eternity

BOOKS Eternity エタニティ

年下イケメンの猛愛に陥落!?
一筋縄ではいかない年下イケメンの甘く過激な溺愛

加地《かじ》アヤメ

装丁イラスト／海月あると

女性向けのセレクトショップで働く三十二歳の夏凛《かりん》。過去のある出来事を機に、おひとり様街道をひた走る彼女は、日夜老後の貯蓄に励んでいた。そんなある日、出会ったばかりの年下イケメン・才門《さいもん》からまさかの求愛!?　容姿にも仕事にも恵まれたエリート様が何を血迷って、と相手にしない夏凛だけれど、諦めるどころか一足飛びでプロポーズしてくる彼に、気付けば心も体もとろとろに蕩かされてしまい……？

詳しくは公式サイトにてご確認ください。
https://eternity.alphapolis.co.jp/

この作品に対する皆様のご意見・ご感想をお待ちしております。
おハガキ・お手紙は以下の宛先にお送りください。
【宛先】
〒150-6019 東京都渋谷区恵比寿 4-20-3 恵比寿ｶﾞｰﾃﾞﾝﾌﾟﾚｲｽﾀﾜｰ 19F
（株）アルファポリス　書籍感想係

メールフォームでのご意見・ご感想は右のＱＲコードから、
あるいは以下のワードで検索をかけてください。

アルファポリス　書籍の感想　検索

ご感想はこちらから

本書は、「アルファポリス」（https://www.alphapolis.co.jp/）に掲載されていたものを、
改題、改稿、加筆のうえ、書籍化したものです。

一夜《いちや》の関係《かんけい》を結《むす》んだ相手《あいて》はスパダリヤクザでした
～甘《あま》い執着《しゅうちゃく》で離《はな》してくれません！～

中山紡希（なかやま つむぎ）

2025年 3月 25日初版発行

編集－羽藤 瞳・大木 瞳
編集長－倉持真理
発行者－梶本雄介
発行所－株式会社アルファポリス
〒150-6019 東京都渋谷区恵比寿4-20-3 恵比寿ｶﾞｰﾃﾞﾝﾌﾟﾚｲｽﾀﾜｰ19F
TEL 03-6277-1601（営業） 03-6277-1602（編集）
URL https://www.alphapolis.co.jp/
発売元－株式会社星雲社（共同出版社・流通責任出版社）
〒112-0005 東京都文京区水道1-3-30
TEL 03-3868-3275
装丁イラスト－松雄
装丁デザイン－AFTERGLOW
（レーベルフォーマットデザイン－hive&co.,ltd.）
印刷－中央精版印刷株式会社

ISBN978-4-434-35466-3 C0093